입사 3년 안에
제대로 일하는 습관, 일머리

신입사원
3년만 미쳐라
미래 30년이
보인다

신입사원 3년만 미쳐라
미래 30년이 보인다

초판인쇄	2019년 7월 3일
초판발행	2019년 7월 8일

지은이	양문석
발행인	조현수
펴낸곳	도서출판 더로드
마케팅	최관호 최문순
IT 마케팅	정광영
디자인 디렉터	오종국 Design CREO

ADD	경기도 고양시 일산동구 백석2동 1301-2 넥스빌오피스텔 704호
전화	031-925-5366~7
팩스	031-925-5368
이메일	provence70@naver.com
등록번호	제2015-000135호
등록	2015년 06월 18일
ISBN	979-11-6338-039-9-03810

정가 15,800원

입사 3년 안에
제대로 일하는 습관, 일머리

신입사원
3년만 미쳐라
미래 30년이
보인다

양문석 지음

도서
출판 **더 로드**
The Road Books

"회사가 왜 나를 선택했을까?"

새로움엔 늘 기대와 셀렘이 있다. 변화와 에너지다. 기업조직은 특히 그렇다.

입사초기, 아니 이미 채용 내정 직후부터 조직의 선택을 받은 신입 중에서 될 성 부른 떡잎을 가리고, 그 중에서 특히 핵심루키(차세대 리더)군 그룹에게는 더욱 좁혀진 시각으로 검증에 들어간다.

신입사원도 전략적으로 판단하고 선명하게 대응해야 한다.

살아남는 차원을 넘어 조직의 성장주로, 업계의 블루칩이 되어 나만의 브랜딩으로 멋지고 당당한 4차산업형 비즈니스 마스터로 거듭날 지는 바로 지금 조직과의 첫선, 초기 접촉면에서 포지셔닝된다.

이 책은 입사 후 3년을 위한 책이다. 입사 후 3년이면 판가름 날이 한판 승부를 위해 입직자로서의 중장기적인 커리어로드맵과, 지금 당장 또는 단기적인 전략과 방법들을 주도면밀하게 연계하는 방식으로 구성했다.

버티는 3년이 아닌, 주도적으로 미치는 3년이 되도록 내밀한 지침서가 될 것이다.

3년 내에 조직에선 미래 핵심리더형 인재로 붙잡고, 업계에서는 러브콜을 받을 수 있는 신입사원. 3년 내에 그런 직장 내 비즈니스 마스터로 자리매김되어야 한다. 그래야 향후 30년이 보장되고 100세 플랜이 가능해진다.

직장에서 잘나가는 넘사벽을 넘어 직업으로서의 비즈니스든, 창업이든, 프리랜서든 직업시장의 어떤 포지셔닝에서든 일과 삶의 마스터가 되고, 자기주도형 워라벨의 빅픽처가 보일 것이다.

입사 후 3년이 그래서 특별하다. 정말이지 나만의 경쟁력과 직결되는 바로미터가 되는 골든타임이다. 입사한 직장을 넘어 비즈니스 업계에서 자신에 대한 포지셔닝(포석)이고 론칭이 되는 것이다. 조직에서 시작하고 그 조직이 있기 때문에 분명 가능한 개인 프로젝트의 시작점이다.

신입사원은 회사의 비전과 핵심가치를 찬찬히 새겨보고 부서의 미션과 역할을 직시해야 한다. 그리고 자신의 정체성과 주도성이 발휘될 수 있는 일과 그 가치를 찾아 조직과 그것들과 연결해보라.

4차산업 혁명이라는 산업구조의 지각변동에 따라 노동시장도 플랫폼, 공유경제, 긱경제로 극히 유연화, 개별화되어가고 있다. 소확행? 맞다. 아무리 소소한 것이라도 본인이 주도할 수 있는 것이 없다면 그 조차도 무위하다.

숨막히는 퇴근시간보다는 자유로운 프리스타일 근무를, 일방 지시와 소리없는 이행보다는 소신발언과 맞장토론을, 실적 압박보다는 새로운 시도와 독창적인 도전에 하이파이브해주는 분위기를, 일방적인 연봉통보 보다는 나만의 가치와 가능성을 비전과 스토리로 던져놓고 차 한 잔이 식기 전에 고객사로부터 뜨거운 구애의 악수를 받고 싶지 않은가.

진정 나만의 명성과 브랜드로, 스스로 시간을 통제하고 온전한 나만의 자유와 스타일이 가능한 그런 비즈니스 마스터가 되고싶지 않은가.

기업들도 공채보다 수시채용을 더 선호하고, 경영층보다 기존 구성원들이 함께 일하고 싶은 인재상을 더 중시하는 기업들이 늘고 있다.

　나는 이 책이 신입사원, 입사 3년차 미만 입직자들에게 단순한 동기부여 차원보다는 각자의 방식으로 통렬한 자각과 행동유발을 촉진하고자 한다. 신입과 기업조직에도 확실한 모멘텀이 될 것이라 확신한다.

　조직에서 성장하고, 검증받은 그들, 조직과 상생하는
　원픽 비즈니스마스터

　1~2장에서 될 성 불렀던 신입사원들의 스토리, 사례와 함께 기업조직과 업계가 미래형 인재를 어떻게 규정하고 이들과 관계를 설정해가고, 확보해가는 달라진 HR프레임과 연계해서 소개해보고자 한다.

　입사 초기는 어떻게든 눈밖에 벗어나지 않기 위한 적응의 몸부림을 치는 시기이지만 좀 더 크고 넓게 보려고 노력해야 한다. 직장이라는 무대에서 내가 주인공으로 서기 위한 악마같은 근성과 디테일한 준비가 필요한 이유가 그것이다.

　공부에 때가 있다는 말이 있다. 미치는 것에도 타이밍과 타겟이 분명해야 한다. 집중과 몰입이다. 당연 열정은 지속기반이 되어야 한다.

그렇게 미쳐야 3년 내 자신의 포텐이 터져나온다.

3장에서는 그런 인재들을 만나보면서 보다 현실적인 공감과 손에 잡히는 실행 동기를 부여하고자 한다. 동시대 사람에 대한 이해와 진중한 공감이 깊은 통찰과 영감으로 이어질 것이라고 확신한다.

4~6장에서는 조직형 인재에서 오너형 비즈니스 마스터로서 가능성과 잠재력이 실전력과 전문성으로 입증되는 핵심루키들. 그들이 그 과정에서 자기주도적 가치 중심의 마인드닝에서 비롯되는 성과창출 과정과 그것들을 가능하게 한 커리어 미션과 비전체계, 그에 따른 행동목표와 수행방법들을 제시할 것이다. 조직에선 말단 신입이지만 다짐과 의지는 내가 찜한 분야의 전문가, 비즈니스 마스터를 향해야 한다. 업무의 패턴이 파악되거든 업무영역을 수평적으로 확대해보고 결과물의 효익을 더 높일 수 있는 새로운 방안을 찾아보고 시도해본다. 그 과정에서 업무의 전 과정을 고민하고, 던져보고, 실행하다보면 자신의 진짜 강점과 경쟁력이 선명해진다. 그것이 기획이든, 영업

이든, 재무회계나 마케팅PR이든, 또 다른 특정분야라도 마찬가지다.

신인 괴물이 되라. 질투와 반목은 대세나 주류가 아니다. 조직 내 책임 지존은 당신을 눈여겨볼 수 밖에 없다. 이미 경쟁사에서도 주목할 것이다.

마지막장에서는 3년 후를 기약하고 롱런하기 위한 자기비전 중심의 새로운 이정표를 공유하고자 했다. 이 시대 신입사원들과의 확실한 기약일수도 있다.

신입 3년 내에 사내 벤처나 스타트업 부서원이라는 마음자세로 투자유치를 위한 사업계획안을 정교하게 만들어 스스로 검증해보라. (기회가 없다면 스스로 제안해보라. 그것도 비즈니스의 시작이고 중요한 대목이다.) 총괄임원이나 사장은 투자자라 생각하고 그들의 투자를 끌어내보고자 과감하게 제안하고, 설득해보는 초과감 마인드와 현실적인 자신감을 기대해본다. 그럴 수 있어야 한다.

기업조직은 일과 사람이 있는 곳이다. 돈을 벌고 수익을 내야하는 목적과 함께 협업해야할 조직이 있다. 그래서 조직 안에는 함께 지향하고 추구할 비전이 있는 반면 경쟁과 대립도 있다. 거듭난 듯한 생동감이 있지만 견디기 힘든 좌절도 있다.

본격화되는 4차 산업시대, 미래형 비즈니스 마스터들은 이같은 조직에서 성장하고, 검증받고, 나아가 조직의 안과 밖에서 상생하는 전략적 파트너, 즉, 일을 지배하고 각자의 비즈니스를 주도해가는 진정한 원픽 마스터들이 되는 것이다.

이들은 자유롭고 멋스럽다. 주도하지만 나누고 합치기도 한다. 자신의 소명과 존재가치를 바탕으로 비즈니스의 가치와 방향을 셋업하고 연결하고 확장해가려 한다. 사람과 더불어 성취하면서도 자신만의 직업적 성취감을 최우선한다. 그들이 4차산업시대라는 터닝포인트를 넘어 다음 세대의 주류가 될 것이다.

2019년 7월

저자 **양 문 석**

"미래형 비즈니스맨으로서 성장해가고 싶다면 이 책을 통해 상쾌한 통찰을 경험했으면 하는 바램이다"

"직장인의 현재 모습은 각자가 과거로부터 반복적으로 축적해온 행위의 결과물이다. 특히 사회에 진출해서 맞는 직장생활의 첫 3년은 한 직장에서의 성공을 결정지을 수 있는 가장 중요한 시기이다. 이 시기는 신입사원의 이직률이 가장 높은 시기이기도 하는데, 때로는 한 사람의 평생 직업이 바뀌기도 한다. 이 책은 직장생활에서의 첫 3년의 중요성을 정확히 찝어내어 이 귀중한 시기를 신입사원이 어떻게 관리해야할 지에 대해 맞춤 처방을 제공한다. 경력개발 전문가인 작가의 오랜 경험과 통찰력이 돋보인다."

변연배 '우아한형제들' 인사총괄임원

"10여년간의 고용서비스 현장에서 터득한 저자의 열정과 노하우가 고스란히 담겨있는 책이다. 그 어느 때보다도 개별화와 공유화, 가치의 내재화와 외연화, 그리고 소통과 차별화가 중시되고 공존하고 있는 시대이다. 신입사원은 일에 대한 마인드를 리셋할 필요가 있고, 기업의 경영자나 관리자 역시 그들과 함께하는 '동행마인드'를 다시 점검해보아야 할 때이다. 일독을 권한다."

한준기 'IGM세계경영연구원' 교수

"일(Job)은 살아가는 가치와 각자의 소명을 증명해준다. 자신과 Job의 가치와 비전 등에 대해 온전한 자기중심의 개념을 확립하고, 그것을 최대한 회사조직 안에서 적용,실천해 감으로서 입사 초기 조직과 직무적응력을 키울 수 있다. 조직의 성장과정에서 자신의 커리어비전과 목표들을 달성해가면서 미래형 비즈니스맨으로서 성장해가고 싶다면 이 책을 통해 상쾌한 통찰을 경험했으면 하는 바램이다."

이성칠 '삼성금융경력컨설팅센터' 센터장

Contents | 차례

PART 01

신입 3년차,
성과급
'탑' 찍고
임원이
보인다

신입에 대한 인식과 평가는 즉각적이다.
백지상태인 그들에게 모든 구성원의 눈길과 관심이 집중되기 때문이다.
유보하거나 여유를 두고 보지 않는다.

01 ▼ 기회라면 부닥쳐라,
　　　▲ 몸은 마음이 아닌 의지를 따른다

　　　　　　내가 취업 준비를 했던 시기에는 취업포털이나 SNS가 없던 시절이어서 취업 정보나 입사 전형을 위한 준비는 일간 신문의 구인공고나 취업정보지 또는 학교 취업지원실에 게시된 채용 정보에 의존할 수밖에 없던 때였다.

　취업 준비에 부심하던 4학년 늦가을쯤으로 기억된다. 고향 집과 비교적 가까운 광역시에서도 근무할 수 있다는 ○○식품회사의 구인 공고(근무지)를 보고 착실하게 입사 준비를 해왔고 지원서도 어느 정도 마무리를 해놓았다.

　사실 그 당시 나만의 커리어 목표나 포부는 없었다. 연봉도, 업무 도 마음에 들어서가 아니다. 고향에 부모님과 친구가 있고 서울 도심 생활에 거부감이 남아있어 지방 근무가 가능하고, 주변에서도 기업

이미지가 나쁘지 않았다는 정도. 단지 그것들이 내가 그 회사에 꼭 들어가야 하는 이유였다.

그러던 차에 같은 학과 동기의 군입대와 친척 어른의 변고로 집안 장례 일정이 겹치면서 지방에서 1주일 정도 일정을 소화하다 정작 ○○식품회사의 입사지원서 마감일이 당일인 것을 뒤늦게야 알고 뒤볼 새도 없이 급하게 상경했다.

서울에 도착해서 입사지원서를 챙겨 들고 ○○식품회사에 도착한 것은 마감일 오후 6시 20분! 그 당시엔 우편접수도 발송 일자가 당일 소인으로 찍히는데 발송 일자가 마감일로 찍힌 우편물이라면 마감 시한을 넘겨도 접수는 되는데 이건 우편물도 아니고 마감일 6시까지는 직접 접수해야 하는 터라 허망한 상황이었다. 그럼에도 고향과 가까운 그 회사의 지방지사에서 근무하고 싶은 마음은 정말 간절했다.

정문에 경비아저씨가 보였다.

일단 주위를 둘러보다 주변 가게에서 박카스 한 박스를 사서 조심스레 경비아저씨에게 다가갔다. 이미 나의 거동을 봐온 터라 경비아저씨는 심드렁하게 던진다. "와? 지금 들어갈라고, 뭔일인데…". 그냥 직설적으로 들이댔다.

"이 회사에 꼭 입사하고 싶습니다."

(나는 당시 "입사지원서 접수하러 왔는데요"라고 하지 않았다. 그냥 절박하고 간절한 마음 그대로 도움을 청하고 싶었다.)

그러면서 박카스 한 박스를 드렸다. 시꺼먼 학생 하나가 냅다 뛰어 들어올 것 같더니 멈춰서서 힐끗 눈치를 보고 뭔가를 손에 들고 다급하게 이 회사에 입사하고 싶다면서 음료수 박스를 들이민 것이다.

지금 같으면 '김영란법'이 아니라도 상상도 힘든 모습일 것이다.

결국 승낙을 받았다. 약간은 짜증스러운 (들어가 보라는) 고갯짓으로.

냅다 뛰어 올라가려는데 경비아저씨가 버럭 소리친다.

"인사부가 몇 층인지나 알아? 5층 맨 끝 쪽이여" 하시고는 초소 쪽으로 휙 돌아서 가셨다. 이제는 뛴다. 엘리베이터도 필요 없고 숨이 끊어져라 빛의 속도로 5층으로 내달렸다.

인사부 표식을 보고 지체 없이 출입문을 밀고 들어설 때야 흘러내린 땀으로 눈이 따갑다는 것을 느끼면서 그 땀이 목덜미까지 적시고 있었으나 그 잠깐의 시간마저 지체할 수 없었다.

7~8명의 직원들이 한데 모여 한쪽은 서류 뭉치를 정리하고 일부는 대봉투를 부지런히 뜯어 해체하고 있었다. 급한 타이핑 소리가 뒤섞인 채 분주한 모습이었다.

그 와중에도 안쪽 가운데쯤 서류 다발을 한 손에 쥐고 뭔가 빼곡히 적힌 보드판을 보고 있는 분! 그분이 눈에 띄었고 제일 높으신 분인가 싶었다. 그리고 이미 발길을 옮기고 있었다.

출입문 가까이 있던 직원이 흘낏 보는가 싶더니 따로이 제지는 하지 않았다.(사실 그럴 정신도 없어 보이기도 했다.)

그분 앞이다. 나를 흘낏 본다. 어차피 정면돌파다.

이미 땀을 뒤집어쓴 지경이고 숨은 아직도 가쁘지만 꼭 해야 할 말은 명확히 말하려고, 정신줄은 놓지 않으려고 무던히도 애썼던 거 같다.

"죄송합니다. 기회를 주십시오". 그리고 손에 쥔 한쪽이 땀에 전 입사지원서를 내밀었다.

(나는 당시 "접수가 늦었지만 받아주십시오"라고 하지 않았다. 제발 내치지 말고 기회를 달라고 엎드려 읍소하고 싶었다.)

그분의 표정은 그냥 무신경해 보였다.

가느다란 한숨인 거 같기도 한데... 그러고는 나를 아주 잠깐 바라보고는 턱짓으로 내 지원서를 가르켰다.(그 정신에도 그건 읽혔을까, 지원서를 놓고 가보라는 뜻이었을까) 지원서를 내려놓고 돌아서려는데 두루마리 화장지를 둘둘 감아 뜯더니 나에게 내민다. 순간 울컥했다. "괜찮습니다." 라고 말하고 싶었지만 갑자기 눈물이 터질 거 같아 솟구치는 땀줄기를 느끼며 화장지를 받아들고 입만 꾹 다물었다. 그리고 서둘러 나왔다. 화장지를 건네는 그분 표정에서 아주 엷은 미소를 보았기 때문이다.

나는 기다렸다. 초조함보다는 설레는 마음으로,

며칠 뒤 거짓말처럼 그 식품회사의 서류 합격과 면접 통보를 받았다. 묘한 설렘과 긴장감 속에 면접 준비를 해나갔다. 면접에 합격한 내 모습을 간절하게 상상했다.

면접 날 아침 접수순인지 내가 속한 면접조가 제일 마지막이었다.

거의 4시간 넘게 대기하는 상황이 이어졌지만 누구 하나 자리를 뜨거나 이 상황에 불만을 노골적으로 터뜨리지는 않았다.

다만 표나지 않게 몸을 뒤척이거나 무언가를 열심히 들여다보는 지원자들뿐이었다.

드디어 마지막 조를 호명한다.

안내받은 대로 차례로 입장하여 자리에 앉자, 한 면접관의 사무적인 안내멘트가 들어온다. "마지막 조인데 기다리느라 고생 많았습니다."

그때 4명 한 조였던 우리는 어느 누구도 반응을 보일 수 없었다고 생각했는데 바로 옆 지원자가 기습적으로 나섰다. "아닙니다. 보다 더 잘 준비할 수 있어 좋았습니다.", (뭐라, 좋았다고? 아까 연신 하품하며 육두문자 비슷한 소리로 중얼거리다 나랑 눈 마주친 게 몇 번인데?)

일단 긴장하고 면접에 임했다.

면접 종료 분위기다.

면접관 중에서 가운데 제일 높으신 듯한 분이 마지막까지 면접에 잘 응해주셔서 고맙다는 멘트를 하신 것으로 기억한다. 순간 나는 면접 초반에 적극적인 멘트를 날렸던 바로 옆의 지원자보다 더 강한 인상을 남기고 싶어 굳이 한마디를 보탰다.

"조용필은 가장 마지막에 나온다고 들었습니다."(저희들 말씀을 끝까지 잘 들어주셔서 감사합니다. 라고 얘기했다면 어땠을까, 지금에야 느끼지만 온종일 심사하는 면접관들도 정말 고역이다. 의외의 지원자로부터 매력을 느끼기는 고사하고 얼마나 공허하게 받아들였을까 싶다.) 당시 면접관 1~2분이 실소를 보였던 기억으로 그 당시 '나의 입사지원서 접수기'를 갈음하고자 한다.

취업하고 싶은 기업의 입사 관문에서 자신을 보여줄 시간은 짧다.
게다가 지원자들은 실시간 비교되고 면접관이 주도하는 흐름에 대응해야만 한다.
극도의 긴장과 초조함은 그래서 부담스럽다. 그러나 간절함과 절박함을 상기해보라. 왜 여기까지 왔는지, 그리고 철저한 준비와 전략으로 무장해야 한다. 그래야 간절함과 절박함이 계산된 준비와 주도적인 프레임을 타고 자신만의 에너지와 의지로 분출된다. 그 의지가 그대의 필살기이고 승부처가 되는 것이다.

그룹 '울랄라세션'의 리더 고 '임윤택'은 33세 나이로 요절했다. '슈퍼스타K3'에 도전했을 때 그는 위암 4기였다. 가수로서의 꿈을 위해 항암치료를 견디며 위암 수술을 받고 허리춤에 피 주머니(수술 후 몸속에 고여 있던 피를 받아내는 주머니)까지 차고 무대에 오르기도 했다. 그것은 결연했지만 행복하고 싶은 그의 절박함이었고 가장 임윤택다운 준비과정이었을 뿐이었다. 프로그램 출연 전 61kg이었던 몸무게가 10kg 가까이 줄었을 정도로 체력이 떨어졌음에도 마이크를 잡은 그가 웃음을 잃지 않았던 것도 그런 이유다.

주변을 의식해서 애써 웃음 짓는 게 아닌 자신만의 에너지와 의지로 그 무대를 온전하게 누리고자 하는 설렘의 아기 같은 웃음이었다.

15년 동안 팀을 꾸리며 서른이 넘어서도 헛꿈을 꾼다고 주위에서 손가락질받았다는 '임윤택'. 그는 죽음의 문턱에서도 자신의 행복의 대미를 위한 무대에서 기적을 썼다.

02 ▼ 채용과정에서 핵심인재는
▲ 가려진다

현장에서 만나는 인사담당자들이 한결같이 원하는 신입사원은 '착한 사람'이다.

기업에서 '착은 사람'은 '일 잘하는 사람'이다.

채용은 '일 잘하는 착한 사람'을 뽑기 위함이다. 채용계획을 세울 때 기업마다 고유의 핵심가치와 당면한 미션에 입각한 채용인재상을 결정한 후, 서류전형 단계에서 채용대행이나 지원서 필터링 과정을 거쳐 2차 전형 대상자를 가리게 된다. 2차 전형을 앞두고 단순 합격권과 관심 지원자군(핵심군)으로 분류하고 면접과 적성, 필기단계를 거쳐 예비 검증을 하게 된다. 물론 일부 대기업들은 대학 재학생들부터 전략적 채용 대상으로 입도선매하기도 하지만 보편적인 트렌드는 아니다.

때문에 신입사원들의 기획력에 기반한 문서작성력과 스토리, 면접장에서의 질의응답을 통한 상호작용과 경험칙의 강력함 등이 핵심인재 검증의 1차 수단이다. 물론 최종 검증은 입사 1년에서 3년 내 완료되며, 승진과 성과급, 직함(직급이 아님) 부여 등으로 반영되어 차세대 유망주로 발탁된다.

여기서는 채용과정에서 이미 핵심군으로 분류된 신입사원, 관심권에 들지 못했지만 핵심군 못지않은 싹수를 보이는 기대주가 되는 인재의 조건들을 살펴본다.

다만 그 전제에 앞서 인사담당자들이 말하는 '착한 사람'은 짚고 넘어가자.

상식과 예의를 알고 보편적인 가치와 룰의 중요성을 자각하는 사람을 일컫는다.

조직이나 비즈니스 업계는 특히 그렇다. 정도나 정상이 아닌 반칙이나 편법에는 반드시 무리한 방법이 동원되고 온전한 성과나 이익으로 돌아오지 못하기 마련이다.

직업적인 양심과 자존감의 문제이기도 하다. 자신의 일 처리 방식에서 무엇을 잘못했는지, 어떤 점이 문제가 되는 것인지 인식조차 못하는 현상 또한 규정이나 원칙의 중요성을 인지 못 하고 있기 때문이다. 규정과 원칙대로 하는 것이 '진짜'를 만나도 당당한 대응이 가능하고 그것이 기반이 되어야 진짜 실력이 된다.

채용 결정 시 핵심인재군의 기본 특성은 3가지로 요약된다.

기획, 실행력, 성과공유(소통)다. 이 요소들은 기업마다 다른 방식과 평가방법이 동원되지만 결국 자기소개서나 면접단계에서 검증하는 것은 위의 3가지 역량에 대한 기본적인 가능성과 그 싹수를 확인하려 든다.

첫째, '기획력'이다. 구상과 설계, 디자인 능력이다. 그리고 소통력이 뒷받침되어야 한다.

신입 핵심군은 회의나 개별제안을 통해 새로운 관점을 제시하고 차별적인 아이디어를 낸다. 내용도 최적의 결과를 만들어내기 위한 현상분석과 명확한 실행방법을 포함한다.

의사결정권자가 한다, 안 한다는 결정을 바로 내릴 수 있을 만큼 명확하고 실행 가능한 수준은 아니더라도 책임자로 하여금 생각의 변화를 도모하게 한다. 의사결정권자는 신입의 발상과 의도를 기존 시스템과 절차에 적용하는 과정에서 일이 되는 관점으로 신입과 상호작용한다. 신입은 배정된 업무를 스스로 장악하고 +@를 생각한다. 일의 수준이 벌써 초임 대리 수준이다.

"면접"에서 본인이 주도해서 완성해본 일(?), 그 일을 왜 시도했고, 왜 그런 방법을 썼는가? 라고 확인했을 것이다.

둘째, '실행력'이다. 아무리 소소한 업무라도 체크리스트를 가지고 업무프로세스 전체를 보고 단계적인 변수를 조율한다. 일 전체를 보며 투입한 시간과 자원 대비 최대한의 효율을 올리는 노력을 한다.(특유의 근성과 노하우가 발휘된다.) 또한 자료 수집, 분석 작업에 몰입하면서도 이 과정에서 선배나 전문가와의 부단한 소통을 병행한다.

"면접"에서 그 일의 성공을 위해 자신이 가장 중요시한 일, 그런 방법을 쓴 이유, 어려움이나 갈등을 극복한 경우 등을 물었을 것이다.

셋째, '성과공유'다. 이 단계에서는 말과 보고서다. 신입사원이기 때문에 더 그렇다.

같은 말이라도 싹수 있고, 지혜롭게 한다.

선배들과 정서 공감도 잃지 않는다. 퇴근 전 도울 일이라든가, 내일 계획 중에서 궁금한 것을 미리 묻는다든가 말이다. 보고서도 결론과 기대효과를 먼저 적시하고 그래프나 도표를 포함하여 주요 내용과 핵심 이슈 중심으로 상급자가 판단할 수 있도록 간결하게 구성한다. 완성도가 떨어지고 내용 편집이 미흡하더라도 내용구성과 전개는 야무지다.

"면접"에서 자기소개서 제목과 구성력이 눈에 확 띈다. 경험과 업적에 대한 2, 3차 후속질문이 이어졌고, 갈등 극복, 대인관계, 소통하는 능력 등을 체크했을 것이다.

위의 기획력과 실행력이 반영된 핵심루키의 면접스토리다.

편의점 알바를 하던 당시 그는 야간 타임이었다. 늘 10시쯤 들어와서 목캔디를 사가는 고객이 있었다. 매번 술기운이 오른 상태에서였는지 같은 자리에 있는데도 매번 좁은 매장을 배회하면서 혼잣말을 중얼거리다가 그에게도 자꾸 말을 걸더란다. 그게 싫기도 했지만 다른 손님들이 불편해할 거 같아 그분이 올 때쯤에 그 목캔디를 출입문 바로 앞쪽에 비치해서 찾는 제품을 바로 알려주었다. 반응은 의외였다. 너무나 고마워하면서 두 개를 계산하더니 하나는 그에게 내밀며 나를 기억해줘서 고맙단다. 고객 만족이다. 개별화된 고객서비스를 구상해서 실행에 옮기고 다른 손님들의 불편도 미리 해소한 것이다.

이렇게 입사한 신입사원의 성과사례를 확인해보자.

최근 들어 기업 HR조직에서는 구성원 각자의 가치와 강점을 극대화하여 업무성과로 직결시키기 위한 직원들의 경험 관리에 집중하고 있다. 특히 신입사원들의 경험과 스토리는 각 개인 특유의 가치와 에너지를 동반하고 고유의 업무역량으로 나타나기 마련이다.

그는 입사 후 '영업전략팀'으로 배치받았다. 거래처와 중요한 계약을 앞두고 '영업1팀'에서는 거래처가 우리와 거래가 어렵다는데, 납품가를 더 낮추는 것이 좋겠다는 수동적 대응을 했다. 상대의 요구

사항에만 집착한 것이다.

하지만, '영업전략팀'의 그는 고객이 고집하는 낮은 가격이 안정적 공급라인을 훼손할 수 있다는 점을 부각하고 불량률 최소화 같은 거래상의 이슈를 확대한다. 상대의 욕구까지 파악해서 공격적인 승부수를 던진 것이다.

상대의 행동을 바꾸기 위한 전략으로 고객사의 표면적인 요구보다 욕구를 파악한 것이다. 고객 니즈 파악은 단순 수요조사가 아닌 욕구 파악이다. 그러기 위해 수많은 조사와 분석, 전문가에 대한 질문과 경청, 불편하지만 내부 이해관계자들과 의사결정을 위한 고민과 대안 협의 등 숱한 소통과 상호작용 능력들이 투입됐을 것이다.

03 ▼ 신입 3년차, 임원이 보인다
▲

꼬박 2년을 공들인 고객사로부터 마침내 본사 근처에서 만나자는 전화를 받았다.

2년 전이다. 회사의 실적을 고객사와 협의하는 자리에서 전임자의 실수와 과잉주장으로 관계가 틀어진 고객사였다. 우리 회사가 있는 방향을 보고 OO도 누지 않겠다 했다.

후임자로서 인사하는 자리였지만 그는 명함교환은 고사하고 눈 한번 제대로 마주치지 못했다.

2개월이 흘렀다. 그렇게 포기할 수 없었다.

그 고객사의 소식과 동향을 꾸준히 모니터링해오던 차에 고객사 담당 부서의 경사와 담당자의 승진 소식에 축하 이메일을 보내고, 참고가 될 만한 업계의 이슈와 동향들을 이레터 형식으로 꾸준히 보냈다. 그 회사의 창립기념일에 화환을 보내는 것은 물론 그 부서의 봉사활동에도 비공식적으로 합류해서 힘을 보태고 언론사에 단신으로 취재요청을 대신 하기도 했다.

그렇게 2년이 흘러 작정하고 비가 오는 목요일에 담당자에게 무겁게 전화를 들었다.

개인사로 바쁜 금요일보단 목요일 오후를 택했고 마침 비가 내렸다.

무슨 말을 어떻게 할까 수차례 망설이다 그냥 술 한잔 나누고 싶어 전화드렸다고 말했다. 잠깐의 침묵을 두더니 다음 주에 회사 근처에서 식사나 한번 하잔다. 자기가 사겠다는 말도 보태주었다. 그렇게 해서 관계복원이 되고 300여 명 규모의 3년짜리 위탁사업을 수주한 데 이어 향후 2년간 채용대행 업무까지 수주를 받았다. 늘 떠난 버스 기다린다고 핀잔을 주던 팀장과 부서원들에게 자랑과 인정을 받고 싶어 계약서까지 받아든 날, 총알같이 회사에 복귀했다, 18:40분. 불꺼진 회사엔 아무도 없었다. 그는 그날부로 회사를 사직했다. 신입 3년 차였다. 그러나 계약을 체결한 고객사의 추천으로 다른 경쟁사의 초급 관리자로 전격 발탁되더니 2년 만에 임원을 달고 협회 총회에 대표 자격으로 참석하여 기념 주제강연까지 성황리에 마친 장〇〇 사장님. 그는 그렇게 30대 후반에 업계의 스타급 임원이 되어 있었다.

아무리 어려워도 될 사람은 된다. 힘들고 모든 것이 불분명할 때 확실한 것은 그때서야 나타나는 것일지도 모른다.

눈에 띄는 신입은 자신의 일상을 잘 통제한다. 시간 관리를 잘한 다기보다는 효율적인 자기관리에 더 중점을 둔다. 매일 아침 오늘 해야 할 일을 머릿속에 정렬해보고 자신의 업무를 스스로 조직화한다. 별다른 게 아니다. 그날 해야 할 모든 과제를 우선순위와 중요도에 따라 정리한 다음, 최우선 순위대로 해야 할 일의 목록과 챙겨야 할 사항들을 리스트업한다. 무엇을 먼저 처리해야 하는지(또는 처리가 어려운지) 쉽게 파악할 수 있다.

그 습성에 익숙해지면 내가 하는 일에 대한 통찰력뿐만 아니라 완료한 일에 대해서도 모두 머릿속에 담고 있게 된다. 조직 내에서 준수한 자원이 되고 기대주가 되어간다.

업무 중심의 워딩과 행동이 주변에 어필된다. 일을 주고 싶고 손발을 맞추고 싶고 부서장은 시험해보고 싶어진다. 튀어 오르는 신입을 주변에서 툭툭 건드려보는 시기다. 선배 사원이나 유관부서의 견제가 표면화된다면 조직 내에서는 이미 관심주로 등극한 것이다. 이 타이밍에서 필요한 것은 '결정력'과 '소통력'이다.

'결정력'은 위와 같은 업무 루틴에서 매일 반복되는 해야 할 일의 목록과 챙겨야 할 업무 인덱스를 습관화하는데서 비롯되며 기획력과 성과관리로 나타난다. 예측과 계획된 준비성에 따른 업무의 완성도와 사전 분석에 따른 작업의 효율성이 곧 성과의 기반이 되기 때문이다.

'소통력'은 그래도 신입이기 때문에 늘 배우고 확인하고 감사해하는 상호작용을 통해 배움과 교류의 폭을 확장해가는 것이다. 조직 내에 적을 만들기보다는 진정한 파트너를 찾아야 한다. 처음 보는 사람이나 불편한 사람과도 필요하면 적극적으로 다가가고 관계를 맺는다. 필요한 정보나 노하우를 가진 사람을 찾아 문제를 해결해가는 능력도 생겨난다.

그래서 커뮤니케이션 능력이 긴요해진다. 부서 업무와 분위기에 어느 정도 적응될 즘이면 자기 부서업무에만 집중하기보다 다른 부서나 영업조직과도 교류하며 관심 분야를 확대할 필요가 있다. 대인관계 폭도 넓어지면서 자신의 업무가 어떻게 연결되고, 기능이 추가되고, 협업이 되어 제품이나 서비스로 생성되는지, 무엇이 중요하게 작용하는지 퍼즐이 맞춰질 것이다.

뿐만 아니라 그 시기에 주변에서 자신에 대한 충고와 시샘, 당부들이 들어온다. 소문과 평판은 퍼지는 속도가 빠르다. 성과형으로 보이는 사람은 처음부터 눈에 들어오기 마련이다. 게다가 조직 내 소통과 협업에 적극적이면 조직에서는 그에 대한 확실한 '관심 단계'로 진입하면서 인사고과의 상위 체크리스트에 그에 대한 평가들이 차곡차곡 쌓여갈 것이다.

서울의 OO제지업체, 다른 입사 동기들이 서울을 벗어나 지방이나 현장으로 발령될까 봐 전전긍긍할 때 그는 과감히 현장을 지원했다. 신입 때 본사의 엄중한 분위기가 부담스럽기도 했고, 눈치 보지 않고 업무에만 올인해서 업무를 빨리 배우고 싶어서였다.

입사 초기부터 현장에서 업무를 시작한 덕분에 지금까지도 현장의 생산과 품질관리에 유용한 '지혜'를 터득했다. 현지 공장에서 임원의 역할은 다른 직원들이 일 잘하도록 도움을 주고 현장이 잘 돌아가도록 지원하는 것을 몸소 깨달은 것이다.

그만큼 더 연구하고 앞서 고민하고 준비해야 함을 일찌감치 배운 것이다.

골판지 생산라인의 시스템 오류가 빈발한 적이 있었다. 베테랑 기술자들도 난관에 봉착한 문제였다. 그는 당시 시스템 구매 담당자와 라인 감독자들 중심의 자체 팀을 만들어 영어, 일어로 쓰인 매뉴얼과 이론서를 스터디하면서 문제 해결 방법을 찾아 함께 풀어 갔고 나중엔 생산라인이 훨씬 더 안정화됐다. 2년 후 사내 최소 근속자로서 역량 우수 평가와 함께 자원관리팀장으로 승진 발령됐다. 이후 언론, 문화 분야의 인쇄수주 감소 타개와 고품질 재생지 개발을 위한 최첨단 신문용지 머신이 증설되자 그는 수도권 영업조직으로 옮겨 생산과 물류, 유통과정을 비롯한 전 과정의 프로세스와 인프라를 섭렵했다.

이를 기반으로 그는 운전 기능 중심의 신 매뉴얼 외에 창고 한구석에 구겨져 있던 구형 운영매뉴얼을 전면 보강하여 폐지 활용도를 높이고 유통채널을 원스톱으로 연결하는 현장기반의 통합운영 매뉴얼 제작을 본사에 건의했다. 제작 중간단계에서 이미 대표이사 주관의 프리젠테이션까지 하게 될 만큼 사내의 빅이슈가 된 것이다.

몇 달을 투자해 운영 매뉴얼을 만드니 회사에서 자신이 업무 전반을 가장 잘 아는 사람이 됐다. 업무 과정과 방향을 섭렵하니 다른 직원을 코칭하기가 쉽고, 자신의 전문성과 소통능력이 더욱 배가된 것이다.

그는 이미 준비된 임원이었다.

경쟁사에서도 그의 일거수일투족은 관심의 대상이고 2~3곳의 경쟁사에서 스카웃 제안을 받고 있는 그는 때를 기다리고 있지만 소속 회사에서는 그에게 사내 소사장을 제안해왔다.

04 ▼ 신입의 존재감은
▲ 연봉보다 성과급

중국에서 가장 불이 늦게 꺼지는 회사, 종업원 주주 회사를 표방한 중국의 통신업체 '화웨이'는 매년 순이익과 배당 규모를 발표한다. 2019년 2월, 입사 1년 만에 연봉보다 많은 20만 위안 (3,300만 원)을 배당으로 챙긴 화웨이 신입사원이 업계와 젊은 신입 루키들의 주목을 받고 있다.

싹수가 확실한 신입들에게는 어메이징한 보상을 안겨줌으로써 시작부터 달라지는 신입루키의 모델을 제시해주는 것이다. 동시에 회사의 메시지를 분명하게 전달하는 효과도 거두고 있다.

우리나라 대기업의 끝판왕 삼성전자의 초과이익 분배금(PS)제도처럼 해마다 성과시즌이면 샐러리맨들의 이목을 끌고 있는 것을 잘 알고 있기 때문이다.

'화웨이'에서는 종업원들의 의욕을 고취하는 최고의 수단은 단연 돈으로 본다. 그다음 보상책이 인사다. '불에 타지 않는 새가 봉황이 된다'는 슬로건을 중시하는 '화웨이'에서 지금까지 주주 배당을 받은 직원은 20% 수준이다. 그만큼 배당금을 받은 화웨이 출신의 비즈니스 능력이 남다른 것은 중국에서는 이미 정평이 나 있다. 중국 현지의 한국, 일본, 대만기업은 '화웨이' 출신 인재라면 시간과 장소를 가리지 않고 영입에 나선다.

국내업체의 경우도 신입사원의 연봉구조에서 기본금과 상여금 외 성과급의 비중을 높여가고 있다. 최저임금의 가파른 인상에 따른 파생 효과도 있겠으나 직무능력을 중심으로 한 평가보상체계의 확산 분위기에서 비롯되는 것으로 보인다.

대한민국 부동의 워너비 기업 삼성전자와 더불어 4~5년 전부터 취준생이 가장 선망하는 기업으로 주목받아온 SKT는 연봉과 복지를 모두 갖춘 데다 동종업계 1위까지 달리는 기업이다. SKT는 비교적 수평적인 사내 조직문화가 장점으로 손꼽힌다. 특히 신입도 프로젝트 매니저(PM)가 되어 프로젝트를 주도할 수 있는 자율적인 분위기를 강조한다. 그만큼 성과 압박이 크다는 평가도 있다. 당연하다. 자율과 기회만큼 책임도 정확히 상응한다.

사내 벤처 프로그램인 '스타트앳'은 직원들이 아이디어를 제안하면 이를 평가해 실제 사업으로 추진할 수 있도록 지원한다. 우수 과제로 선정되면 상품화까지도 진행한다. 사업화 이후 실제 수익이 발생하면 이익 배분까지 받을 수 있다. '스타트앳'에는 누구든지 참여할 수 있다. 작년 1월 입사한 신입사원 3명이 발의한 스타트업 아이디어도 현재 TF팀을 꾸려 사업추진을 준비 중이다.

매년 정부에서 발표한 청년친화 중견·강소기업에서도 성과급에 대한 제도가 부쩍 늘고 있다. 알토란 같은 실적과 평판을 인정받으며 청년친화 강소기업으로 선정된 기업의 일부엔 삼성전자, 현대차, 공기업 등 구직자들이 선망하는 직장에서 이직해 오는 역취업도 발생하고 있다. 이들 기업은 대기업에 비해 초봉 수준도 크게 뒤지지 않지만 신입에게도 연봉의 20~30%를 성과급으로 책정하고 최대 3,000만 원까지 지급하고 있는 곳도 있다.

국내 임금근로자는 작년 기준 2,014만 명. 그 중에서 한 해 1억 원이 넘는 연봉을 받는 국내 근로자 수가 70만 명(2017년 기준)을 돌파했다. 전체 근로자의 3.5%가 '꿈의 연봉'을 받고 있는 것이다.

지난한 취업난을 뚫고 입직한 이들은 여전히 더 많은 급여, 더 좋은 복지에 매달리게 되고 신입사원 초봉과 평균 연봉이 모두 높은 기업은 이들에게 '신(神)의 직장'이라 불린다. 회사맨은 지양하지만 워라벨을 지향하는 이들에겐 특히 로망이다.

'연봉만큼 일하게 된다'라는 속설도 마냥 무시할 수만은 없다.

기존 조직에서 연봉제라 하더라도 철저한 성과기반의 파격적 연봉 인상, 동결과 감액 등의 책정이나 협상이 현실적으로 쉽지가 않다.

조직 정서의 문제도 있겠지만 그보다 직무 내용이나 가치, 책임과 부가가치 창출력 등을 측정하고 직무급에 대한 객관적인 설계와 평가가 정착되지 못하고 있기 때문이다. 더구나 연봉제라 하더라도 기업의 전체 실적, 부서 단위 평가와 연동되며, 개별평가도 성과와 역량평가를 포괄하는 어중간한 형태의 연봉제를 취하고 있기 때문이다.

그러나 분명한 것은 성과급은 즉각적이고 조직이 중시하는 프로젝트 성과에 기반한 사후 보상적 인센티브 성격이 크다.

신입이기 때문에 덜 주고 구성원 간 안배를 해야 할 여지가 연봉보다 훨씬 덜하다. .

특정조직과 특정인에게 집중되고, 조직 내에서 검증된 실적을 보유했다는 인증이기도 한 것이다. 그만큼 조직 내에서의 파급효과는 크다.

국내 프로야구 최다 우승팀인 KIA의 2019년 모토는 '그라운드 위에 오르는 KIA의 선수들이 가장 먼저 인정받아야 할 곳은 벤치에 앉아있는 동료' 들이다. 경기에 나선 선수들을 바라보며 백업 멤버들이

"나도 저 정도 기회를 주면 저 선수만큼은 할 수 있다"는 불만이 생기지 않도록 책임감을 가지라는 의미로 그런 팀의 정신을 강조한다고 한다.

신입이 조직 내에서 자타 공히 인정받고 동기부여가 될 수 있는 것은 성과급(인센티브)이다. 연봉이 낮다고 해서 무작정 입사를 포기하거나 실망 퇴직을 생각지 말라.

현실적으로 살펴보자.

연말 성과급 또는 인센티브나 직원들에게 지원하는 복지혜택도 함께 고려해 보는 것도 한 방법이다. 상대적으로 연봉 수준은 낮더라도 앞서 제시한 조건 등이 우수하다면 실제로 매월 받게 되는 실질적인 혜택은 생각보다 더 높기 때문이다.

특히 직원들의 자기계발비(학원비, 자격증 수당, 대학원 등록금 등) 지원에 인색하지 않거나, 앞서 예시로 든 모든 직원에게 사내벤처나 사업 아이디어 경진 등 업무적 동기부여를 통한 포상제도나 성과급 제도가 있다면 연봉에 못지않은 금전적, 정신적 혜택과 함께 자신의 존재감을 확실하게 각인시킬 수 있지 않겠는가.

05 ▼ 신입의 브랜드파워는
▲ 조직 내 평판이다

국내 아이돌 그룹의 수명은 평균 5년이다. 실제 유통기한은 3년 내외다.

음원과 음반 수입은 비중이 적다.(물론 BTS, 지드래곤, 싸이와 같은 특이 대박 사례는 예외로 한다) 때문에 연기, CF, 방송 활동, 행사 수입 등 개별 활동을 통해 매출을 일으킨다. 그렇게 해서 3년, 5년을 넘어 비교적 오랜 기간 팀 활동을 지속한다 하더라도 멤버 간 결속력은 약화되고 수입격차로 인한 위화감까지 쌓이게 된다. 이쯤 되면 개인별 인지도와 브랜드파워에서도 차이가 생기게 마련이다. 개인 멤버들의 자세와 기본기에 따라 입지가 달라지고 그 브랜드 파워는 개인 멤버들의 생명력으로 이어진다.

아무리 비주얼 세상이라도 가수의 기본기는 가창력이다. 노래 중심의 케미와 퍼포먼스다. 그리고 자세다. 엄격한 자기관리를 바탕으로 제작사와 관계, 스탭을 배려하는 마음, 스스로 자신을 알리고, 감사해하는 매니저의 마인드다. SNS를 비롯한 온라인 이미지와 오프라인상의 평판이 어긋나지 않고 잘 어우러져야 개인 브랜드파워가 된다.

7080 가수들에 비해 훨씬 못 미치는 이들의 생명력은 제작사의 상업적 기획배경도 한몫하지만 각 멤버들의 브랜드가 없거나 관리되지 않기 때문이다.

공연계 종사자들 사이에서 '인간성이 최고인 연예인', '스탭들의 마음을 가장 잘 이해했던 연예인'을 묻는 과거 설문에서 1위가 없었던 것도 이를 잘 보여주는 대목이다.

신입의 평판도 기본에서 나온다. 사람 됨됨이와 업무적 기본기다. 그것이 시작이다.

됨됨이는 곧 인성이고 나타나는 언동과 자세가 그것이다.

좋은 사람, 좋은 기운이 좋은 기운과 분위기를 생성한다. 신입의 말과 행동이 눈에 차면 관심과 호의가 생기고 소문으로 전파되어 그 친구를 대면하는 기존 구성원들도 선뜻 긍정의 시그널을 교감하고 원활한 관계로 들어서게 된다. 상생의 상호작용이 더해지면서 그 신입은 조직 내 포지셔닝에서 보편적인 자존감을 확인하게 된다. 여기에 업무의 기본기가 보태져야 한다. 선배 사원의 업무를 서포트하는 매끄러운 OA 능력, 스스로 관계부서와의 협조 관계를 맺는 일, 고객사나 거래처와의 매끄러운 전화응대 등 일상적인 연결업무와 기존 구성원들의 후선지원 업무가 무난해지면 일단 성공적인 평판 런칭이라고 보면 된다.

처음엔 그것이 중요하다. 업무 오더를 받거나 수행단계에서 즉각적인 들이댐이나 막연한 신중함보다는 자신이 이해한 내용과 생각을 자연스러운 상호작용으로 확인해본 후 중간중간 점검을 받되 반드시 스스로 진행해 본 내용에 대해 체크받아야 한다.

여기에 선배 사원의 업무방식을 그대로 따르면서 후선업무의 부담을 덜어주는 형태로 표나지 않게 새로운 방식을 접목해보고 그 결과를 선배 사원의 기대효과에 맞추어 제안해본다. 상대방 입장에서 '얘 뭐지'는 생각보다 '좀 하네' 또는 '좀 아네' 정도의 반응 정도면 고무적이다. 그것이 신입사원의 실질적인 역량평가으로 쌓이게 된다.

신입에 대한 인식과 평가는 즉각적이다. 백지상태인 그들에게 모든 구성원의 눈길과 관심이 집중되기 때문이다. 유보하거나 여유를 두고 보지 않는다. 조직 내 역할이나 위상 등 감안해서 볼 경력과 연차가 없기 때문이다.

경력이나 관리자급들에 대한 평판은 호불호가 나뉘기 마련이다.

자신에 대한 그들의 영향력, 그동안 유지해온 실적과 조직관리 능력 등이 혼재되어 있기 때문에 복합적인 반면 신입에 대한 평가나 인식은 기본적인 언동 하나하나가 그 사람의 이미지로 직관되고 확장되기 때문이다.

긴장이 풀리는 사소한 자리에서라도 '대우는 프로 같은 처우를 원하고, 업무는 고객(사)처럼 하려 하고, 자세나 마인드는 완전 신입사원' 같은 언행이 돌출된다면 이는 치명적이다. 늘 경계하고 의식하라. 오가는 말 자체보다는 분위기와 뉘앙스에 집중해서 소통하는 자세를 견지해야 한다. 그래야 쌓아온 평판들이 일관되게 확산된다.

'그 친구 어때?', '괜찮아?', '잘 적응해?'라는 질문을 부서장이 담당 사수에게 확인해볼 수 있고, 옆 부서에서도 선배 동료가 물을 수 있고, 조직 내 총괄책임이 담당 부서장에게 물을 수도 있다. 최소한 '괜찮은데요'라는 멘트 이상의 반응을 얻어야 한다.(평가에 보수적인 조직 특성을 감안하더라도) 그런 평판이 신입직원의 조직 내 브랜드로 이어진다. 그 브랜드는 조리 있는 표현력, 문서작성력, 살가운 고객 응대 습관, 깔끔한 업무 데스크 등 업무에 직·간접으로 연관된 인상적인 캐릭터가 더해지면 더욱 공고한 힘을 축적해가게 된다.

브랜드는 결국 실력이다. 다만 신입으로서의 양호한 평판이 전제되어야 한다.

그래야 진짜 실력으로 쌓이게 되고 그 실력의 영향력과 피드백의

질이 유지되고 확장되기 때문이다.

조직 안에서 혼자서 완성할 수 있는 일은 없다. 실력과 노력의 결과물을 다수와 지속적으로 공유하고 전파하는 과정에서 신입의 브랜드는 자생력을 갖게 된다. 그 브랜드는 조직 안에서의 평판을 먹고 성장하는 것이다.

현실적인 상황을 보자. 요즘 기업 현장에서 멘토링이 유행이다. 평판 관리에 주도적인 신입이라면 단순한 멘티를 넘어 롤모델을 조직에서 찾으라. 반드시 같은 부서, 같은 회사 사람이 아니어도 무방하다. 진심으로 배우고, 따르고 싶고, 본이 되는 선배에게 멘토를 청하라. 그리고 1년 후 다른 회사, 다른 업계에 있는 사람이라도 후배를 키워보라.

일을 제때, 제대로 해본 사람만이 멘토와 코칭이 가능하고 사람을 키울 수 있고 육성할 수 있다. 소통과 배려가 깔려있기 때문이다. 그렇게 자신의 성장을 체감해보고 또 다른 후배를 멘토링하면서 검증된다. 4차산업이 만개하는 시대에 진정한 비즈니스맨의 덕목이자 경쟁력의 근간이 된다.

신입사원 때부터 브랜드파워와 평판의 시너지효과를 스스로 체감해보라.

유튜브의 신 대도서관 '나동현' 씨. 유튜버 입문 전, IT기업 근무 시절 신규사업을 해보려 백방으로 노력했으나 지명도 없는 고졸 출신에게는 너무나 단단한 벽이었다. 학벌도 배경도 돈도 없었던 그가 생각해낸 것은 유명해지는 것. 나만의 '1인 브랜드'가 그것이었다.

"내가 유명해지면 학벌도 인맥도 필요 없다."는 것이 당시 그의 통찰이었다. 오직 나만의 영역에서 독보적인 실력을 쌓아 그것을 영향력 있게 나누어가면서 대체 불가한 나만의 브랜드를 구축하게 된 것이다.

06 ▼▲ 기업이 인정한 명장, 사내자격이 진짜다

"주식이나 펀드 투자를 한번도 해본 적이 없다는 것을 숨기지 않고 당당히 말한 것에서 진정성이 묻어났다"

"미래형 자산관리업계에서는 정해진 사다리형 인재보다는 자신의 스토리와 가치를 갖고 살아낸 사람을 적극 발굴할 것이다. 그것이 우리가 찾는 잠재적 마스터들이다."

OO자산운용그룹의 HR팀장이 채용 당시 면접장의 박OO 씨를 떠올리며 한 말이다.

지금은 본점 트레이딩 파트에서 근무하고 박OO 주임.

"입사 후 생활해보니 많은 친구들이 스펙이라 여기는 컴퓨터·유통 지식들이 다 도움이 되더라고요. 단순히 입사지원서에 한 줄 더 쓰기 위해 자격증을 딸 것이 아니라 입사 후를 상상하면서 하나하나

준비했으면 해요."

후배 취준생을 위한 거침없는 한마디 당부다.

사실 그와 회사의 인연은 입사 6개월 전으로 거슬러 올라간다. 모
종편채널의 영어 서바이벌 프로그램에 그가 참여하면서다. 학부 시
절 영어연극 동아리 활동이 그에게는 큰 터닝포인트였던 것이다. 영
어 연극을 기획하고 준비하면서 대화에 적합한 단어를 찾느라 며칠
밤을 지새우고 모르는 것은 교수님을 찾고, 룸메이트인 외국인 유학
생에게 매달리기를 수십차례. 또한 배역과 연습 시간을 조정하는 과
정에서 의견충돌이 많았지만 그 과정에서 상대를 배려하고 양보하고
중재를 해가면서 사회성도 배웠다. 그가 영어 서바이벌 토론에서 제
대로 포텐을 터뜨린 것이다.

박OO 주임은 "시골 출신인 제가 대한민국 자산관리회사 중 가장
잘 나간다는 회사에 다니고 있습니다. 하루 종일 만나는 사람에게 몇
번이든 확실하게 인사하고, 하고 있는 일 모두 바닥부터 열심히 배우
고 싶어요"라며 20년 후쯤 자신이 최종적으로 이루고 싶은 버킷리
스트가 있단다. 전부 밝힐 수는 없지만 우선 3년 내에 반드시 사내
CS마스터가 되는 것이 가장 큰 목표란다. 표정은 벌써 달성한 모습
이다.

박 주임이 근무하고 있는 회사는 'CS 마스터' 제도를 운용하고 있

다. 이는 고객서비스 우수직원에게 부여하는 호칭이다. 직원들의 고객서비스를 점수화해 상위권 직원에게 우대 혜택을 줌으로써 동기부여를 지속한다.

연간 CS 우수 직원 4명에게는 회사에서 제공하는 '자기경영 러닝' 과정에 참여시켜 글로벌 경험을 쌓을 기회를 제공한다. '자기경영 러닝' 과정이란 직원 스스로 연수 주제, 장소 등 모든 제반 사항을 직접 기획하고 진행하는 자기 주도 해외연수 프로그램이다.

기업마다 사내 자격이나 인증제도를 운용하는 곳이 늘고 있다. 이와 연계된 사내(기업) 대학이나 연수제도 등도 활성화되고 있다.

조직 내에서 기술이나 생산, 판매, 서비스 등 각종 분야에서 업무 능력과 역량이 검증된 자원들을 대상으로 기업에서 인증하는 각종 자격과 인증을 부여하고 더 심층적이거나 확대된 역량개발을 위한 지원에도 적극적이다.

제조나 엔지니어 부문은 현장 기술 인력을 중심으로 기능사, 기사 자격증 보유자 등에게 국가 품질 명장과 연계해서 사내 인증제도를 두고 있다. 대부분 '기술 명장'은 장기 근속한 생산직 가운데 본연의 역할에 충실하면서도 높은 기술 역량과 리더십을 갖춘 직원들로 선발한다.

손해보험사는 우수인증 설계사나 연도대상 수상자를 대상으로 한

'명장컨설턴트' 제도를 운용하고 있다. 보험사에서는 기본 콜센터의
전화상담 방식에 의한 소매금융이나 보험상품 판매에서 개인이나 법
인 자산 관리의 부가가치가 커지고 전문 재무컨설턴트에 의한 대면
상담을 확대하기 시작하면서 '명장 컨설턴트' 제도를 들을 앞다투어
도입하고 있다. 자동차업계에도 판매명장이라는 제도가 있다. 목표
달성과 고객만족도에 따라 명장, 명인 등의 칭호가 붙는다. 최소 매
년 150~200대 이상의 차를 팔고 신규고객을 유치하고 관리한다.

　IT와 유통업계는 사내 마스터육성에 집중하고 있다.

　비즈니스 매너와 스피치 등 기본 교양부문에서 실무학습, 현장형
실습 등 연간 200~300시간의 고강도 액션플랜 교육을 통해 '인재육
성형'과 '숙련향상형' 인재를 육성하고 직무 역량을 확대할 수 있는
단계별 커리어개발 과정을 사내 자격인증제도와 연계하는 방식들이
다.

　기업마다 육성, 인증하고 지원하는 방식은 다르지만 이들은 이미
스페셜리스트라는 것이다. 품질향상과 현장 개선, 조직 혁신 등 리더
십과 자기관리가 투철한 진짜 자원들이다. 기업 내부에서 인정한 것
이지만 시장에서는 이미 검증된 넘사벽(?) 전문가라는 것이다.

　특히 이들의 가치가 조직 내에서의 베스트를 넘어선 업계의 스테
디셀러 또는 셀럽이 될 수 있기 때문이다. 최고의 기술과 경험을 보

유한 전문가일 뿐 아니라, 동료로부터 인정받는 '롤모델' 인 것이다.

정작 그들이 연연하는 것은 임금도, 자리도 아니다. 명예도 있겠지만 자신의 가치를 확산시키고자 하는 그들의 멈추지 않는 향상심이다.

때문에 기업에서는 이들에 대한 지원과 관리가 첨예하다.

고급인력의 유출방지와 그들의 경험 관리가 중요하기 때문이다. 내부의 고도화된 시스템과 함께 충분히 검증된 인재는 신규투자나 사업 확장 단계에도 리스크를 최소화하고 기업의 안정적인 투자와 의사결정에 성공 가능성을 높여주기도 한다.

또한 기존 조직원들에게 동기부여와 함께 조직의 지력과 기량 향상에도 절대적이기 때문이다. 기업 HR관점에서도 그들의 존재는 조직원들에 대한 경력개발과 지원 등 구성원의 CDP차원에서도 지속적으로 긍정적인 효과를 낳고 있다.

매년 봄에 열리는 'HRD 컨퍼런스 세미나'.

한 세션에서 주제발표 후 이어진 질의응답에서 한 중소기업 대표가 발표자에게 물었다. 그는 질문에 앞서 20년 넘게 사업을 해오면서 가장 큰 미완의 숙제라면서 고민을 토로했다. 많은 시간과 비용을 들여 우수인재를 양성해서 교육하고 해외연수도 지원해왔다.

그런데 어느 정도 경력이 쌓이고 연봉이 몇 번 인상되고 나면 회사를 그만두는 사태가 반복되고 있는데, 어떻게 하면 이들을 잡을 수 있는지, 또는 예방할 수 있는 방법은 없는 지 참여자가 물었다. 어떤 기업이든 대표에서부터 HR관련부서, 각 부서의 임원이든 팀원에 이르기까지 누구든 공감하는 문제라 모두의 시선이 발표자에게 쏠렸다.

답은 너무나 명쾌했다. 그러나 혼란이 컸다.

"그런 노력이라도 하지 않았으면 그 인재는 사전 예고도 없이 벌써 그 전에 귀하의 회사를 떠났을 것이다."

PART 02

신입,
나의 비전과
조직이 함께 하는
사업팀장이
되다

유능한 지도자 밑에서 역량 있는 부하가 탄생하기도 하지만,
좋은 직원들이 멋진 상사를 만들 수도 있다.

01 ▼ 내 Job에 맞는 회사,
▲ 내가 선택했다

기업체 인사담당자들이 채용시즌에 가장 어려워하는 것이 합격자 통보 후 입사 당일 노쇼(No show)가 많다는 것이다. 합격자 통보를 하기 전에 당초 전형 결과에 따라 최종합격 인원의 120~130%까지 상위인력에 대해 합격자 통보를 하지만 출근 첫날 아예 연락이 되지 않거나 연락이 되어도 입사 포기(다른 지원기관 입사 등)사태가 속출한다.

미리 회사로 알려주는 이는 거의 드물다.

사실 더욱 당혹스러운 것은 합격자 통보가 나가면서부터다. 그때부터 채용기업은 '을'이 된다. 지원자와 역전이 된 것이다. 복수기업 지원자는 연봉 수준, 복리후생, 집에서 출근거리나 교통편, 동기들과의 비교심리, 부모의 동의(?) 등 여러 변수를 놓고 출근 여부를 결정한다. 복수 지원이 아니라도 웬만한 기업의 검증을 통과했다는 자기 효능감 때문에 일단 들어가고 보자는 생각보다는 취업 재수나 더 나은 기업에 지원을 할 것인지 또 다른 선택지를 들고 흔드는 격이다.

그러나 그 와중에도 그 기업을 자신만의 '꿈의 기업'으로 생각하고 수차례 작심과 의지를 다지는 신입들이 있다. 이들 중에서도 자신의 주도성과 정체성을 토대로 자신만의 커리어 로드맵을 세운 이들이 있다. 이들은 눈빛과 언행이 다르다. 조금만 지긋한 관심으로 눈여겨보라.

이들은 입사 후에도 막연한 포부나 기대 대신 정확한 오더를 원하고, 세부적인 지시라도 꼼꼼히 챙겨 제대로 이해하고 사후관리나 보고를 포함한 뒤끝이 야무지다. 그들은 선배들의 업무 내용과 주고받는 말을 예의 주시한다. 특히 부서의 전략과 계획에 민감하게 반응한다. 촉이 일어서는 것이다.

입사 준비할 때부터 자신이 그 업종과 기업을 전략적으로 목표했고, 일관된 준비와 함께 구체적인 방법과 노력들을 동원했을 것이다. 현장에서 그대로 몰입이 되고 지속 가능한 열정으로 표출되는 것도 그런 배경에서 비롯되는 것이다.

조직의 지속성장과 인재의 가치를 우선하는 부서장이라면 반드시 그런 신입과 눈이 자주 마주칠 것이다. 그들의 근자감이든, 드러나지 않은 설익은 열정이든, 점심때나 티타임때 한번쯤 툭 질문을 던져보라.

'지금 하는 일이 무엇인가', '그 일을 왜 한다고 생각하는지'

다소 주저하겠지만 어설프긴 해도 자신이 업무와 역할에 대해 나름 생각하는 개념과 자신이 인지하고 의미를 두는 내용을 말할 것이다. 그들은 조직 안에서 자신의 존재감과 가치에 대한 마인드 정립이 되어 있고 자신만의 커리어 로드맵을 실천해가는 과정을 늘 의식하고 있기 때문이다.

그들은 입사한 기업이 최소한 '원 오브 뎀'이 아니다. 반드시 들어가야 할 '나만의 워너비 기업'인 것이다. 자신의 정체성(커리어 로드맵)과 주도성(열정과 자존감)을 갖는 그들은 이미 자신의 비즈니스 분야를 명확히 설정했다. 단순히 비즈니스 분야를 설정한 것이 아니라 자신이 그 비즈니스를 통해 실현하고자 하는 가치나 의미가 무엇이고, 달성하기 위한 중·장기적인 목표와 실행방법들을 고민해온 것이다.

그 비즈니스는 곧 그 신입이 즐겨하며, 설렘에 두근거리는 일이다. 당장은 즐겨하는 일이 아니더라도 그 일을 잘 해내기 위해, 잘하는 일로 내세우기 위해, 기량과 내공을 키우기 위해 몰입을 하고 지속 가능한 열정을 품을 수 있는 것이다.

그 로드맵과 실행과제들을 입사한 기업이나 부서에서 과업과 역할을 통해 수행해가고자 한다. 조직 내에서 체득하고, 구성원들과 교감하고 배움으로서 지속적인 동기부여를 받으면서 주도적으로 실천해가려는 그들이다. 때문에 부서의 계획이나 전략은 중요한 기준이고 가이드가 된다는 것을 인식하고 있다.

신입 당시의 평가나 이미지 등을 의식한 초기효과에 민감한 신입이나 입사 후 반대급부나 그 대가를 먼저 생각하는 신입들은 몰입이 되더라도 그 열정이 오래 갈 수는 없다. 자신만의 내적 가치판단 기준이 아닌 외생변수에 좌우되기 때문이다. 그것은 오래 지속될 수도 없고 또 기대한 만큼의 인정이나 대가가 없다면 더 이상 그 일에 열정을 쏟을 리 없기 때문이다.

'후계자는 직원 중에서 뽑겠다'고 강조하는 유니클로 '야나이 회장'은 "나는 기업의 오너로서 그 사람이 출근 후에 무슨 일을 하는지 물어보면 그 사람이 우리 회사에 필요한 사람인지, 아닌지를 알 수 있습니다."라고 말했다.

어떤 조직이든, 단체든 새로운 사람들과 신입들에게 기대하는 최고의 덕목은 열정과 기운이다. 그런 것들이 기존 계층의 경륜과 노련함과 어울려 그 조직의 새로운 동력이 되고 발전적인 변화를 지향해 갈 수 있기 때문이다.

갈수록 복잡성과 다양성을 동반한 산업환경 변화와 경영 이슈에 민첩한 대응을 위해선 경영 일선의 조직 구성원들의 역량과 자세에 달려있다. 이와 더불어 각 부서나 조직 전체의 지원기능을 위한 정교한 백업체제도 중요한 요소이다.

다만 이런 지원체계도 인프라와 네트워크를 활용하고 작동시켜 실질적인 실행력과 결과물을 내는 것은 조직원들의 마인드와 역량이다.

더욱 주목받는 것은 조직의 새로운 동력과 에너지를 불어넣는 신입 루키들의 열정과 주도성이다. 그들이 방향을 잡고 몰입해서 생산성으로 기여되고 거기에서 파생된 경험칙에 기반한 문제해결력이 그 조직의 핵심 경쟁력이 되고 있어서다.

02 ▼ 조직정서에 들어와야
▲ 내 직무가 보인다

우리는 일을 통해서 삶을 영위한다. 여기에는 먹고 사는 생존의 문제와 사회적 역할을 통한 자신의 존재감, 참여 욕구와 명예욕 등이 자리한다.

'일' 때문에 우리가 힘들어하고 고단해 하지만 '일'이 없다면 우리가 살 수 없는 것은 그런 이유와 가치들이 있기 때문이다. 그런 '일'이 있고 그 '일'을 서로 분배하고 합치는 기능이 작동되는 곳이 회사다. 그 회사생활을 통해 우리는 회사인간이 되고 세상 돌아가는 이치와 원리를 배워가기도 한다.

업의 특성과 회사의 이익이 만들어지는 과정도 배우고, 법규와 제도라는 것을 의식하게 되고, 사람 관계와 고객 관계에 대해서도 배워가는 것이 회사다. 여기에 완성 버전은 없다. 늘 진행형이고 관리되지 않으면 변질되어 힘들어지는 생리를 갖고 있다.

그래서인지 심각한 구직난에도 신입사원의 조기 이직률은 여전히 높다.

수년 전 SERI 보고서는 이 같은 조기 이직을 3가지 증후군으로 분석한 바 있다.

'파랑새 증후군', '셀프홀릭 증후군', '피터팬 증후군' 등이다.

'파랑새 증후군'은 현재의 직장보다 늘 더 좋은 직장이 있을 것이라는 막연한 기대감으로 현재의 직장에 안착하지 못하는 것인데 신입사원뿐만 아니라 전체 근로자의 60% 정도가 이런 증후군이 있다고 한다.

'셀프홀릭 증후군'은 대기업이나 공기업에서 많이 나타나는 현상으로 자신의 능력에 비해 너무 단순하고 가치가 낮은 일을 하고 있다는 생각과 피해 의식으로 갈등을 겪는 것이다. 마지막 '피터팬 증후군'은 '어른아이'다. 성인이 되어서도 사회에 적응하지 못하고 남에게 의존하고 주체적 판단과 책임을 미루는 직업적 미성년자와 같은 성향들을 말한다. 기성세대를 비판하며 새로운 변화를 추구하지만 책임과 솔선하는 노력은 부족한 일부 신세대 직장인들의 인지 부조화 같은 반응을 보이기도 한다.

기업조직은 영리 목적을 위해 구조적으로 설계된 집단이다.

가족이나 친구들, 지인들로 구성된 동호회, 친목회가 아니다. 분명한 생존목표가 있고 각각의 부서와 구성원들은 저마다의 역할과 기능을 갖고 있다. 때문에 고유의 역할에 따른 프로다운 책임과 권한이 존재하고 각 부서와 구성원 간의 협업과 연결이 필수적인 조직이다. 첫 입직자나 신입사원은 직무의 배움과 적응보다는 조직 구성원들과의 융화가 가장 우선적인 미션이다. 조직 적응이 안 되고 자신도 어려워하게 되면 직무적응은 물론 모든 것이 발목이 잡히고 내적 갈등에 힘들어하게 된다.

경력사원들도 이직하게 되면 조직에서는 경력사원의 경험과 능력 등 레퍼런스를 중요시하면서도 기존 구성원들과의 성향이나 조직문화에 맞는 사람인지를 더 먼저 챙겨본다. 이른바 기존 구성원들과의 케미(?)를 보는 것이다.

조직 분위기나 업무에 어느 정도 적응되어도 늘 힘들고 어려운 것은 '일'이 아니라 결국 사람 관계 때문이라는 말은 거의 정설이다. 기업이나 조직의 비전을 보고 들어갔다가 사람 때문에 퇴사하게 된다는 말도 한두 사람만의 얘기가 아닌 것이다.

나는 입사면접에서 '어떤 관계든 사람 관계로 인한 마음고생 경험'을 반드시 물어본다. 그런 경험 있는 분은 얘기해보시고 그런 경험이 없는 분은 하지 않아도 된다고 양해를 구한다. 사실 살아오면서 가족, 친구, 학교, 이웃, 직장 등에서 어느 누구와 단 한 번의 다툼이나 갈등이 없을까 싶다. (지원자들은 도덕성의 문제로 보고 그런 다툼이나 갈등 상황은 없었다고 답하는 지원자가 더 많았다.) 나는 그런 갈등을 어떻게 해소하고, 해소가 안됐다 하더라도 어떤 노력을 했는지, 사람과의 갈등 극복이나 해결 노력을 듣고 싶은 것인데 늘 안타깝고 답답할 뿐이다.

나는 비즈니스 마스터로서 조직에서 인정받는 전문가든, 1인 기업을 창업하든, 프리랜서로 나서든, 심지어는 귀농, 귀촌을 꿈꾸든 사람 관계에서 빚어지는 소통과 교감능력이 성패를 가름하는 결정적인 요인이라고 본다.

비즈니스나 새로운 커리어개발에서 필요한 전문성과 뛰어난 역량이 필요조건이라면 사람 관계는 충분조건이라고 본다.

사람 관계는 사적으로도 중요하지만 비즈니스로 한정한다면 고객사와의 관계, 상사나 동료와의 관계로 요약된다.

이를 전제로 해서 조직에 잘 적응하고 안착하기 위한 3가지 행동계획을 제시해본다.

첫째, 말 습관을 긍정적으로 하고 자신감 있게 표현하는 습관이다.

긍정적인 말에는 호기심과 기대감을 갖게 하고 꾸준한 관심을 갖게 만든다.

자신 있는 언어를 사용하면 스스로 적극성과 책임감을 가질 수밖에 없다.

이때 근거 없는 자신감이나 맥락 없는 적극성은 구분해야 할 것이다. 소속부서의 미션과 기능, 자신의 사수나 자신에게 부여된 과업에 대한 구조나 체계 파악, 정돈된 학습과 탐구 활동이 동반되어야 할 것이다.

둘째, 인정과 배려. 기존 구성원들과 가장 원만하게 스며들 수 있는 키워드다.

인정은 마음에서 우러나고 그때 그 상황에서 즉각적이고 구체적으로 하는 것이다.

고객현황 분석에 필요한 엑셀 기능을 아주 쉽게 일러준 선배가 있다. 그때 그 선배에게 자신의 문서 작성력을 한 차원 더 끌어올려 주셨다는 멘트와 함께 '엄지척'을 해 보인다.

그리고 점심식사 후 커피 한잔에 '앞으로도 많이 배우고 싶다는 손편지'를 끼워 넣으면 금상첨화. 인정과 함께 배려는 상대의 신뢰를 얻고 서로 통하기 위한 필수요건이다.

셋째, 상사나 선배 등 윗사람과의 공감과 배움이다.

상사는 인간으로서는 당신과 똑같은 사람이다. 당신이 서운해하는 것은 상사도 서운해 하고, 당신이 좋아하는 것은 상사도 좋아한다. 그래서 사소한 일에 감사함을 표시하는 것이 중요하다. 당신처럼 당신의 상사 또한 인정에 목말라 있다. 인정은 연장자나 윗사람이 아래 사람에게만 하는 것이 아니다.

다만 여기에서 명심할 것은 부하직원을 마냥 편하게 해주는 상사는 경계하라. 신입사원이 그저 편하고 어려움을 못 느낀다면 당연히 발전도 없고 후일에 큰 낭패를 볼 것이다.

당장은 힘들고 괴로워도 지적 자극과 긴장을 받고 배울 게 많은 상사가 좋은 상사이다.

유능한 지도자 밑에서 역량 있는 부하가 탄생하기도 하지만, 좋은 직원들이 멋진 상사를 만들 수도 있다.

"호부(虎父) 밑에 견자(犬子)없고 용장(勇將) 밑에 약졸(弱卒)없다."

03 ▼ 조직과 인재는
▲ 프로동맹 관계다

"정○○ 위원님, 다음 주 엔지니어 부문 공채 면접 때 외부 면접관으로 꼭 좀 부탁드립니다. 이번 면접에는 다른 일정보다 우선하셔서서 꼭 와주셔야 합니다."

○○공사 공채에서 채용 공정화의 일환으로 신입 공채 면접 전형에서 도입한 외부 전문면접관을 위촉하는 것인데 특정 전문 면접관에게 간곡히 와달라고 부탁하는 데는 그 배경이 있다.

지난해 공채 면접전형에 외부면접관으로 처음 참석한 정 위원. 약 1주일간에 걸친 면접 전형이 끝난 후 책임본부장은 감탄했다. 자신이 재직한 공사의 미션, 비전, 핵심가치와 전략, 당해연도 기관장의 경영이념, 기업문화부터 최근 이슈까지, 30년 가까이 근무해온 자신보다 더 속속들이 알고 있더란다. 심지어 면접 과정에서 ○○ 공사가 최근 주력하고 있는 신규개발 사업에 대한 사회적 가치를 직접 물어보고 실무적인 내용까지 챙겨가며 질문하는 그 외부 면접관에게 감동 수준의 강한 인상을 받은 것이다.

그때부터 매년 공채뿐만 아니라 수시 채용 때도 그를 면접관으로 러브콜 하는 것이다.

사실 정 위원은 OO공사의 전문면접관으로 갈 때마다 1달 전부터 해당 기관에 대해 열공모드에 들어간다. 전년도 재무제표에서부터 최근 리포트와 기업평판, 신문이나 포털기사까지 두루 꿰뚫는다. 그리고 면접 D-1일 전에 OO공사(지방에 소재한 기관이다)에 내려가서 사옥과 면접장 위치를 알아보고 주변 교통까지 확인한 후 근처에서 숙박해왔다. 그는 그렇게 준비해왔다.

기업조직은 그만큼 눈에 보이는 근사한 외형과 비주얼보다는 조직이라는 몸 안에서 어떻게 피가 돌고 심장은 힘차게 뛰는지, 그리고 기업 조직의 정서가 안정적인지 불안정한지, 마음가짐은 다부진지, 나태한지 등에 더 큰 관심과 애정을 가지는 조직원들을 사랑한다. 이는 면접 과정이나 갓 입사한 신입에게도 똑같이 적용된다.

프로 동맹으로 함께 갈 핵심 인재들을 우선 찾아내는 데 주력하기 위해서다.

정말 보기 좋은 커플이 있다. 또 굴지의 그룹사 사옥 로고 마크 아래 신입 남녀들의 파이팅 샷만큼이나 멋진 모습도 보인다.

그러나 그 커플들. 그(그녀)여서가 아니라 멋지고(이쁘고) 배경 좋은 남자(여자)와의 사귐을 자랑하려는 건 아닌가, 그(그녀)와 데이트하는 것을 좋아하는 게 아니고 멋지고(이쁘고) 집안 빵빵하니까 자랑하고 싶은 마음이 더 큰 건 아닌가.

그룹사 사옥 앞에서 파이팅을 외치던 신입사원들, 지금 그대들이 하게 될 일을 좋아하는 게 아니라 회사가 대기업이고 잘 나가니까 그것에 취해 있는 것은 아닌지 구분해야 한다는 뜻이다.

조직의 외형이나 조건에 심취한 구성원들은 기업의 규모와 명성을 내세우고, 조직의 복리후생과 지원 혜택을 자랑스러워한다. 그들은 자신의 일이나 역할보다는 기업의 명함을 먼저 내세운다. 자신이 하는 일에 대해서는 막노동 수준의 인식이다.

정작 조직에서 동맹 관계로 오래 지속하고 싶은 구성원은 조직 내부에 관심을 갖고 그 안에서 자신의 가치와 역할을 찾아 부서나 사업 단위의 확장과 자신의 발전을 함께 도모하는 예비 비즈니스 마스터로 자리매김해가려는 인재들이다. 기업은 그들에게 충분한 기회와 보상을 줄 것이다. 그것이 그들과 동맹 관계를 지속할 수 있을 뿐만 아니라 다른 구성원들에게도 분명한 동기부여가 되기 때문이다. 다만 이들 직무 마스터들이 업계를 리딩하는 비즈니스 마스터로 성장해 갈 수 있도록 개인의 비전이나 가치에 대한 꾸준한 모멘텀을 제공해야 할 것이다.

그렇지 못할 경우 정말 프로세계가 그렇듯 인재는 표표히 떠나갈 것이다. 그들이 조직에 있는 동안 조직과 일심동체, 자웅동체가 될 수 있기에 더더욱 핵심 인재에 대해 물심양면 지원해야 한다.

현존 최고의 경영학 석학 짐 콜린스는 "버스를 어디로 몰 것인지보다 버스에 누구를 태울 것인지를 고민해야 한다"고 말했다. 기업의 가치와 방향대로 따라오는 조직원이 아닌 기업의 비전과 방향을 스스로 제시하고 주도해가는 핵심 구성원을 발견하고 육성하는 것에 중점을 두어야 한다는 메시지다.

조직과 인재는 그렇게 생존과 비전을 위한 프로처럼 동맹해야 할 관계다.

조직 내에서 아무리 비중 있고 중요한 업무라도 구성원이 직무수행을 아무 생각 없이 하면 막노동이다. 아무리 좋은 스펙과 전문적인 직업이나 비즈니스를 갖고 있어도 하는 일이 지겹고 재미없다면 당연 미래도, 동맹도 없다.

중요한 것은 미래에 내가 달성할, 손에 잡힐 듯한 비저너블한 내 모습이 되도록 조직 안에서 내 일의 가치와 역할 등 포지셔닝을 명확히 해나가야 한다는 것이다. 큰 그림으로 가기 위한 퓨처마킹인 것이다. 여기에 조직은 프로 동맹을 유지하기 위한 지원과 투자에 인색해서는 안 된다.

〈생활의 달인〉이라는 프로그램에 나오는 '달인' 들은 한결같이 밝고 기운차다.

경지에 도달하다시피 한 작업적 재주와 반복적인 몸동작이나 근성보다는 그들이 추구하고 있는 다음 목표, 더 큰 목표와 이미 동맹이 되어있기 때문에 그럴 것이다.

세상의 인식에 소소하고 심지어 하찮아 보이는 일이라도 전심전력할 수 있는 것도 그 때문이다.

그래서 그들은 제작진 카메라와 전 국민들 앞에서도 밝고 당당할 수 있는 것 아니겠는가?

04 ▼ 강점 기반 일습관으로
▲ 핫하게 들이대라

'꼼꼼하면서도 소통을 잘함', '꾸준한 자기 개발과 심화 능력', '항상 최선을 다하는 마음가짐', '예의가 바른 사람', 어떤 경우는 '친화력', '적응력', '성실함', '끈질김'도 나온다.

신입이든, 경력이든 사내 면접이나 외부 면접관으로 나가서 면접 초기 단계에서 늘 묻는 질문에서 나온 답변들이다.(자신만의 강점을 키워드로 말해달라. 또는 자신의 강점을 30초 내외로 정리해서 얘기해보라. 단, 직업인으로서의 기본적인 자세나 마음가짐, 덕목 등은 **빼고** 비즈니스와 관련된 강점을 얘기해달라고 참고 주문까지 하는데도 그렇다.)

소통을 잘한다는 것이 강점이라 했는데 예를 들어 소개해주세요?

"저는 말하는 것보다 남들 얘기를 듣는 것을 좋아합니다. 상대방 입장에서 이해하고 공감을 잘하는 편입니다." 맞다, 중요하다 그런 공감능력도. 그래서 다시 묻는다.

"그런 공감능력이 어떤 강점으로 발휘되나요?"

반응이 흐릿해진다. 소통은 상호작용이 근간이다. 조직 안에서는 서로, 또는 다자간의 관계는 흐르고 통해야 한다. 나와 반대 입장을 갖거나 변화를 싫어하거나 심지어 나를 싫어하는 사람과도 교감하고 협력해야 한다. 이런 인적 관계 외에도 일 자체의 시급성, 복잡성, 난 맥상이 등이 겹쳐지면 소통의 변수는 더 많아지고 불투명해지는 경우가 많다.

심리학 쪽에선 '소통'은 내가 상대방에게 하는 말(음성 자체)을 의식하고 그 말소리를 스스로 들을 정도로 집중하는 데서 시작되고, 상대방이 소통을 할 수 있는 환경이나 조건에 있는 지도 고려해야 한다고 한다. 조직에서는 대화 코칭이나 멘토링, 커뮤니케이션 스킬 등 내부 리더십, 소통 교육 외에도 문서 작성에서부터 인문학 인사이트 세미나까지 다채롭게 선보이며 소통력 향상에 힘쓰고 있다.

면접관은 무엇을 듣고 싶은 걸까. 아니 간절히 알고 싶은 걸까. 자신만의 강점은 다른 사람들로서는 대체 불가한 나만의 주체적 강점을 말하는 것이다. 물론 주관적이고 자기중심에서다. 직업인, 직장인으로서의 기본자세나 덕목을 듣고 싶은 것이 아니다. 입사 후 조직에 배치되면 성과나 조직관리에서 가장 많이 듣게 되는 말 중의 하나가 역량과 성과다. 자신만의 강점은 자신의 성향과 기질이 동반된 특유의 재능에 가깝고, 이 재능이 어떤 결과물이나 (아주 소소한 것이라도) 성취로 이어지거나 나타나는 게 있다면 그것이 곧 능력이 되고, 이 능력이 자신의 업무나 비즈니스를 수행하면서 일관된 업무처리나 문제해결에 기능함으로써 역량으로 장착되어간다. 그래서 자신만의 강점은 그 사람의 성향과 기질의 반영을 전제로 예측 또는 기대되는 역량의 출발점이기 때문이다.

지원자가 회사에 어떤 도움을 줄 수 있는지가 채용의 기준이 되고 입사 후 구성원이 실제 어떤 기여(성과)를 했는지가 인사평가의 잣대가 되고 나아가 당사자에게도 커리어 브랜드를 형성하기 때문이다.

성과 평가를 잘 받고 인센티브와 승진을 쾌속하는 것은 부차적인 것이어야 한다.

조직 내부에서 가시적인 성과, 인정받은 역량, 원만한 평판 관리 등 자신의 강점에 기반한 역량들이 입증되고 확장되면서 자신의 브랜드가 되고 해당 분야의 비즈니스 미스터로 올라서는 성취 경험과 체감효능감이 더 큰 의미가 된다.

따라서 '좋아하는 것' 보다 '잘하는 것' 을 먼저 집중하는 것이 좋다.

좋아하는 일을 잘하는 수준까지 올리는 것이 가장 이상적이지만 그렇지 못한 경우가 많다. 잘하는 것은 '자금, 회계업무'고 좋아하는 것은 '음악감상'이면 JYP에 입사해서 회계담당을 하면 된다.(박진영 JYP 대표)라는 해법도 있겠으나 일단 잘하는 일은 자신의 강점이 발휘되는 일이고 그 일은 다른 사람에 비해 더욱 고성과를 낼 수 있고 자신의 효능감도 올리면서 좋아하는 비즈니스 지점을 만날 수 있기 때문이다.

그런 '자신감'과 '효능감'을 기반으로 업무영역과 깊이를 확장해가다 보면 자신의 잠재력이나 진짜 기질과 성향이 작동되는 업무적 본능(탤런트)을 찾게 되고, 이것을 일관되게 연구, 학습하고 실무에 반영하면서 진짜 포텐이 터지는 것이다.

자신의 진짜 강점을 30초 내외로 정리해서 말할 수 있는 능력은 그래서 중요하다. 사고의 결과가 말이지만 말이 명료해지고 반복되면 사고를 지배하면서 더욱 명징해진다.

"4~5년 뒤에는 평생 승진이 불가능한 시대"(인사전문가, 서울대 경영대 김성수 교수)가 온단다. 연공서열에 바탕을 둔 보상체계는 사라지고 회사 다니는 것 자체를 고맙게 생각해야 하는 시대가 이미 도래했다. 지금 직장생활에 대해 서로 물어보라. 3불(불안, 불만, 불공평)의 혼란이라 한다. 국내기업들이 저성장 기조로 접어들면서 노동시장에서 게

임의 법칙이 빠르게 변화되고 있기 때문이다.

고용이 평생 보장되는 직장은 끝나간다. 기업이 직원 일자리를 보장할 수가 없다.

대신 고객을 지속적으로 만족시킨 결과가 일자리를 보장하는 것이다. 그 고객들에게 최적의 제품이나 서비스를 통해 개별적인 가치나 편익을 주거나, 어려움과 부담을 줄이고 문제점을 해소해주는 문제해결 능력도 구성원의 강점에 바탕을 둔 서비스 역량으로 발휘되어야 지속적인 고객 만족이 가능해진다.

지금 우리들은 종신고용을 보장받지 못하는 대신, 종신 취업능력을 기를 수 있도록 강점에 기반한 직무역량에 집중해야 한다. 조직 내의 체계와 규범은 쿨하게 따르되 업무에 대해서는 자신이 할 수 있는 모든 기량과 열정을 쏟아야 한다. 자신의 부족함과 보완점, 놓친 부분과 개선된 부분, 깊이와 방향성을 함께 진단하고 채워가야 다음 목표가 세워지고 더 강한 동기부여를 받는 것이다. 비즈니스 마스터가 되기 위한 강점 기반 일 습관이 장착되는 시점이다.

조직 내에서는 파트 리더로서의 면모가 드러나는 타이밍이다.

새로운 프로젝트의 일부, 지원 프로모션이나 과업을 독자적으로 맡거나 2~3명의 그룹 단위 안에서 비중 있는 업무수행의 권한과 책임 등 위임을 받을 수도 있는 지점이다.

숙련도에서 전문성으로, 조직 내의 성공방식을 찾아가면서 강점

기반의 역량이 일 습관으로 활성화되어가는 것이다.

이때, 유의할 점 하나.

업무에 돌입한 후에(그 업무가 자신의 주도 여부나 역할의 크기와 상관없이) 하찮은 일, 사소한 일을 꺼리거나 불편하거나 어려운 일을 기피한다면 팀워크가 부족하다는 낙인이 찍힐 수 있지만, 더 심각한 것은 조직 내에서 그 신입의 열정과 능력이 냉정하게 구분되는 잔혹함을 맛볼 수도 있다.

열정은 근거 없이 시작되는 것이 아니다. 열정은 자신이 주도적으로 판단하고 결정한 가치 있는 무언가를 잘하려고 치열하게 노력한 이후에 따라오는 것이지 그 전에 생기는 것이 아니다. 어떤 일을 하느냐보다 그 일을 어떤 마음가짐으로 어떻게 하는 지가 훨씬 더 중요하다는 것이다.

자신의 강점 파악이 그래서 중요하다. 일단 잘하는 일부터 해본다. 잘해야 재미있고, 재미있어야 오래 할 수 있기 때문이다.

자본주의가 안전한 보장 대신 위험을 감수하는 기회를 선택했기 때문에 사회주의의 몰락을 뒤로하고 살아남아 진화를 거듭하고 있는 것도 결국 같은 이치다.

유의할 점 둘.

신입 때 입사 초기 어느 정도 자신의 역할과 업무적 서열이 정해질 무렵(이때가 중요하다. 마치 운전경력 1년 차 미만일 때를 생각해보라. 가장 운전 조심할 때다.) 오버페이스를 조심하고 내부 관계 관리에도 관심을 놓지 말아야 한다.

아무리 업무처리 능력과 자세가 좋아도 면면이 기존 조직 정서를 거스른다면 힘들다. 입사 초기 기존 구성원들의 업무 스타일과 문화를 이해하고 애쓰는 '가슴형'이 조직에서 훨씬 더 융화되고 핵심역할에 가까워질 확률이 높다. 비즈니스의 모든 것을 소화하려고 앞서 몰입하고 초지일관 업무형으로만 들이대는 '근육형' 워커는 지양해야 한다.

퇴직금 300만 원만을 들고 땅끝 해남에서 '북평노비'라는 별칭까지 들어가면 절임 배추 직거래로 연 10억 원 매출을 올린 서울 토박이 장OO 씨(36세)는 "단시간에 결실을 보려는 조바심을 내서는 안 되고, 시류에 편승한 특수작물 재배로 부농대열에 합류하겠다는 귀농계획은 더더욱 안 된다. 좋은 이웃들과 관계형성이 정말 행복한 귀농귀촌의 첫 번째 과제였다"고 한다.

05 ▼▲ 4차산업 비즈니스 영토, 일 잘하는 탤런트가 바뀐다

"현재와 미래(10년 후)의 직업능력 중에 위기대처능력, 대응력, 미래예측력의 중요성이 제일 높아질 것이다."

2019년 한국고용정보원 첫 리포팅의 머리말이다.

4차 산업혁명 글로벌 전문가 250명을 대상으로 한 '미래직업기초능력' 보고서에 따르면 미래 직업 세계에서 필요한 핵심적인 직업역량으로 위기대처능력과 더불어 미래 예측력, 대응력, 인지적 부담 관리능력*, 기계적 협업능력** 을 미래로 갈수록 중요성이 높아진 직업역량으로 꼽았다.

*정보의 홍수 속에서 자신의 인지적 수용력[apacity]을 관리하는 능력

**지능화된 기계와 상호작용하면서 업무를 이전과 다른 방식으로

해결하는 능력

박가열 한국고용정보원 연구위원은 "과거 추격형 개발 사회에서
는 선진국이나 선도기업의 모범과 경영진의 상명하달을 성실히 수행
해가는 '열정'이나 '책임감'이 우선적으로 요구됐다"며, "기술의 혁
신적 발전과 다양한 변수의 상호작용으로 예측 불가능하며, 연결성
이 촘촘해지는 미래사회에서는 민첩하게 적응하기 위한 '위기대처능
력'이 더욱 중요해질 것"이라고 밝혔다.

위 1~3순위 능력은 모두 예측과 대응력이다. 인과적이다. 4~5순
위의 '인지적 부담관리'와 '기계적 협업능력'도 대처능력을 키우기
위한 능력들이다.

'예측'은 충분히 전략적이고 결과 중심적이어야 한다. 그만큼 미
래지향적이면서도 현실적이어야 한다. 변수를 줄여가는 지속적인 검
증능력과 향상심이 뒷받침되어야 하는데 이는 질문력과 분석력이 뒷
받침되어야 한다. 그래야 상황별로 변수나 불거진 이슈에 대한 사전
대비가 가능해진다.

'대응력'에서는 기반이 되는 하위 능력으로 문제 규정과 개념화,
분석력, 의사결정능력 등이 요구된다. 이를 통한 민첩하고 정확한 대
처능력이 미래의 직업적 역량으로 주목받고 있는 것이다.

〈표 1〉 미래형 직업기초능력 중요성 분석

구분	과거(5년 전)		현재		미래(10년 후)	
	중요성	순위	중요성	순위	중요성	순위
평균	3.34	·	3.75	·	4.06	·
대응력	3.54	4	3.95	3	4.24	2
다양성에 대한 포용력	3.07	13	3.65	12	4.10	8
호기심	3.24	10	3.66	11	3.98	12
전체 조망력	3.11	12	3.71	9	4.13	7
환경 친화성	3.40	7	3.75	8	3.91	13
위기대처능력	3.70	2	4.03	1	4.29	1
다재다능	3.37	8	3.50	13	3.62	15
열정	3.84	1	3.97	2	4.09	9
기업가정신	3.14	11	3.43	15	3.67	14
미래 예측력	3.36	9	3.80	6	4.23	3
자기혁신	3.46	5	3.84	5	4.09	9
통찰적 사고력	3.45	6	3.78	7	4.09	9
기계협업능력	2.82	15	3.50	13	4.17	5
인지적 부담 관리	2.96	14	3.71	9	4.19	4
회복탄력성	3.65	3	3.90	4	4.15	6

＊출처 : 한국고용정보원, 2019 / 단위 : 5점 만점

먼저 예측능력을 좌우하는 질문능력을 보자

질문도 능력이다. 특히 문제에 대한 답을 찾아내는 능력은 인간이 인공지능을 못 따르는 것은 이미 기정사실이다. 알파고와의 바둑 싸움뿐만 아니라 사람보다 더 감성적으로 기사를 쓰고 멜로디를 만들어내는 능력은 우리가 인정해야 한다.

이처럼 문제를 푸는 능력은 인공지능이 월등하지만 예견되는 문제를 제기하고 만들고 규정하는 능력은 인간의 몫이다. 아직도 공개적인 자리에서 질문 기회가 주어져도 선뜻 질문이 나오지 못한다. 주어진 공부만 해온 사람들은 새로운 것에 대해 질문을 하지 않는다. 문제를 스스로 만들고 해결하는 능력이 없기 때문이다. 질문 자체를 모르는 것이다.

우리나라 교육 풍토를 따지는 원론적인 얘기가 아니다. 이미 우리는 글로벌 기업의 다이나믹한 약진도 상식과 세상의 기준들을 바꾸고 싶은 질문에서 시작됐다는 것을 잘 알고 있지 않은가. 정해진 틀 안에서 평균을 지향하는 분위기에서는 절대 질문이 나올 수가 없다.

또 하나의 하위능력인 분석력은 사물을 보는 시각을 다각화하는 것이다. 고객과 경쟁사 입장에서도 보고 예견되는 반응의 원인들도 역으로 체크해보는 관점 전환이 선행되어야 한다. 숫자와 트렌드를 함께 보는 정성과 정량적 분석에서도 모든 정보는 반드시 의미가 있다는 생각을 유지하는 것이다.

다음, 대응력이다. 이는 문제 인식과 개념화, 의사결정능력들이 선행되어야 한다.

문제 인식은 문제해결을 위한 핵심능력이고 원천적인 역량이다. 풀어갈 골드타겟을 설정하는 것이다. 그리고 그 문제를 정확히 직시하고 개념화하는 것이다.

고객 민원이 폭주한 것이 서비스 구조적인 문제에서 나온 것인지, 고객의 의도적인 부분에서 비롯된 것인지, 서비스직원의 실수나 미숙함에 발생된 것인지 분석하는 것도 중요하다. 다만 지금 당장 고객 민원을 처리하기 위해 그 고객이 진정 무엇을 원하고 어떤 의도가 있는지를 정확히 꿰뚫고 한발 앞서 해결하거나 처리해주는 것이 더 시급하고 중요한 것이다.

당면한 문제의 경·중·완·급에 따른 가치판단과 시점판단을 토대로 한 문제인식능력이 그래서 문제해결능력과 본질적으로 관통되는 것이다.

이어지는 의사결정능력은 업무의 우선순위와 중요도에 따라 복합적이지만 다각적인 측면까지 고려한 대응 방법과 절차들이 활용될 것이다.

모 대학 교수가 강의에서 파레토법칙을 설명해보라 했더니 잠깐의 침묵이 흐르더니 1~2명 학생의 개념적 설명이 이어졌다. 교수가 다시 물었다. '그 파레토법칙이 작동되는 유사한 사례를 들어볼 사람은 없는가' 라고 물으니 그 누구도 답을 하는 이도 없었다. 정보검색 능력이나 팩트체크 실력은 탁월하지만 자신이 그 원리를 소화하고 터득하고 적용하는 능력은 한참 부족한 것이다. '그딴 게 뭐가 그리 중요하냐(?)' 는 반응들이었단다.

자신의 진로나 취업, 결혼, 내 집 마련 같은 중요한 의사결정을 앞두고 있다면 말이 달라진다. 다시 말해서 어느 대학, 기업, 좋은 배우자의 조건은 검색되겠지만 왜 거기를 지원하고, 그를 선택해야 하는지, 자신의 가치판단 기준과 맞물리지 않는 고민이나 선택을 한다면 근본적인 결정 장애가 올 수 있어서다.

검색보다는 탐색을 하고 탐색을 하려면 고민과 사색이 선행되어야 한다.

그렇게 하려면 당연 자신의 관심사나 흥미가 가는 일에서 좀 떠 따지고 체크해보는 습관부터 가져보자. 그때 과연 나라면 어떻게 했을까, 그 과정에서 왜 그런 변수가 터졌고 미리 대비할 수는 없었는가, 동료들은 어떻게 받아들이고 고객들은 어떤 부분에서 만족할까 등등 수많은 자가 질문이 팝업되어야 구체적인 고민과 탐색이 이루어지고 그에 따른 조사와 예측, 대응 방안들이 잡혀진다. 찾아내고 발견하는 능력은 그때 접목해서 발휘해보라.

질문과 탐색적 분석을 통한 예측능력과, 제대로 된 문제 인식과 개념화, 의사결정력을 바탕으로 한 대응 능력은 어떤 직무나 과업에서든 기본기이자 필살기가 된다.

비즈니스에 한방이란 없다. 업무의 바닥과 과정에서 다져진 내공이 승부를 가른다.

4차산업의 맥락을 짚고 가는 일 잘하는 탤런트가 그것이다. 구조적인 문제나 인과관계를 파악하고 따지는 능력, 즉 이치나 문리를 깨닫고 확장하는 능력이 비즈니스 마스터의 핵심역량인 예측력과 대응력으로 나타나는 것이다.

06 ▼ 내가 주도하는
▲ 비전 수행팀장이 되다

　　지끈거리는 편두통, 스멀거리는 불편한 복통들이 퇴근하는 순간 싹 사라진다.

　회사 문을 나서는 순간 모든 업무 내용이 리셋되어버린다. 내일을 위한 충전이라기보다는 오늘의 업무 찌꺼기들을 완벽하게 분출해버리고자 하는 방전 욕구에 가깝다.

　워라벨의 영향도 있어 철저한 해방과 일탈이라는 반대급부의 심리도 있겠으나 치열한 자기계발과 경력관리의 일환으로 일과 후의 시간을 더욱 촘촘히 활용하고자 하는 루키들의 장외활동이 이루어지는 시간들이기도 하다.

　"아는 만큼 보이고 겪는 만큼 느낀다."고 했든가

말단에 있어도 오너십을 잃지 않는 이들이 있고, 지원업무를 수행하면서도 업무에 남다른 꼼꼼함과 색다름을 보이는 이들이 있다.

조직에서는 해마다 개인별, 팀별 성과와 역량 평가를 하면서도 사내 뒷담화나 비선 보고, 평판 등을 통한 조직 내의 비공식 평가에도 의외로 민감하다. 특히, 구성원들의 언동이나 행태를 보고 해당 직원의 인성과 업무 자세까지 속단하는 오류를 범하기도 한다.

직원들의 불평과 불만에도 그 내용에 따라 판단과 인식은 사뭇 달라야 한다.

직원복지나 처우, 사장(또는 상사)의 인성, 사생활 등에 대한 험담과 업무처리의 비효율성과 독단, 사장(또는 상사)의 리더십, 의사결정(과정)등에 대한 불평과 불만은 구분되어야 한다. 후자의 경우라면 기업이나 부서(팀)의 비전에 대한 구성원의 의욕과 열정으로 받아들이고 이를 변화를 위한 제안으로 바꿔주어야 한다.

악플보다 더 무서운 것은 무플이다. 사랑하지 않으면 관심도 없기에 아무런 말도 안 하는 법이다. 그저 침묵이고 흉내 수준의 복종만 있을 뿐이다. 일을 하는 것도 아니고 안 하는 것도 아닌 그저 그런 조직으로 맴돌고 만다. 그래서 구성원의 불평과 불만을 그 내용과 의미에 따라 중요하게 받아들일 필요가 있다.

인재채용 못지않게 구성원이 조직의 비전에 몰입하게 하는 방법은 권한 위임을 통해 조직의 성장과 자신의 역할을 통한 성장기회를 부여하는 것이다. 회사의 비전과 목표 달성을 위해 실행되는 사업 활동 하나하나에 구성원의 생각과 의도가 고스란히 배어들 수 있도록 권한과 책임을 부여하고 '자기효능감'을 올려주는 것이다.

그 대상자는 역량이나 자세가 되어 있는 직원이 우선이지만 성과가 미흡했던 직원일 수도 있고, 사업의 성공 또는 실패경험의 주역이었던 직원이 될 수도 있다. 업무진행 시스템이나 의사결정과정, 사업 수행 방법이나 절차 등에 대한 불평불만러를 전격 발탁해보는 것도 고려해볼 필요가 있다.

서울에 본사를 두고 있는 사업지원서비스 기업 OO맨파워.

지방물류센터 위탁운영 현장에서 운영지원을 담당하고 있는 한 대리. 물류사업장 운영 총괄책임반장 아래에서 한 대리는 인력수급 및 교육지원을 3년째 맡고 있다.

지방의 두 군데 물류센터를 담당하고 있는데 현장의 변수와 복잡성이 본사의 시스템에서 반영되지 못하고 지원 또한 어려운 실정이어서 상황에 따라 임기응변식으로 조치해가는 비중이 커져갔다. 업무의 비효율과 과부담에 늘 불평과 불만을 달고 살았다.

본사 지원팀이 내려왔을 때 식사 자리에서 물류센터 인력관리 프로그램 구축 TF팀이 꾸려지면 자신 있게 해낼 수 있다고 호언하다

지적을 받기도 했다.

지방 특성상 물류조업을 할 인력 수급과 관리는 그에게는 늘 어려운 숙제였고 해묵은 난제였다. 인력모집이 어려운 만큼 지원하는 예비 근로자들도 단기근무, 주말 근무를 원하고 꾸준히 나오는 분들보다 2~3일 나오다 며칠 후 다시 1~2일 나오는 간헐적, 단기근무자가 빈번했다. 그때마다 한 명 한 명 근로계약서나 관련 서류들을 챙기는 것이 그에게는 늘 부담스러운 업무였다. 근로계약 체결 전에 개인정보 동의서나 각종 서약서까지 한 데 챙기는 일로 첫 출근자가 많거나 새로 투입되는 라인이 개설되는 날이면 한 대리는 신경이 곤두선다. 실제 근로계약이 누락되거나 분실되어 큰 낭패를 겪고 고용노동부 고용센터에 불려가고 본사에서는 경고까지 받기도 했다.

그러던 차에 본사에서 전산실을 흡수, 통합하여 '스마트 IT팀'이 발족했고 생활형 로봇도입과 현장 업무와의 연동형 시스템을 구축한다는 소식을 들었다. 한 대리는 순간 며칠 전 새로 입사한 직원이 전자 근로계약 시스템을 임대하는 업체가 있다는 말이 교차되는 순간 그의 눈빛이 번뜩였다.

일용직을 위한 다양한 형태의 근로계약서를 저장해두고 근로자 본인 인식과 지문 스캔만 가능하면 현장 출근자가 자판기 형태의 기기를 통해 개별 전자 근로계약을 실시간으로 가능하게 해주는 시스템을 스마트 IT 팀장에게 제안하고 정식 브리핑까지 했다. 본사에서는 그에게 '스마트 계약관리 TF팀장'의 직위와 개발자와 기획자를 붙여 총 4명의 TF팀을 꾸려주었다. 그의 비전이 스타트업된 것이다. 이후 7개월 만에 터치스크린을 장착한 자판기형 근로계약서를 구현했다. 본사 스마트 IT팀에게는 현장별 전자 근로계약 사항을 본사의 계약관리시스템과 연결해서 실시간 근로계약서가 등재되도록 구축작업을 요청했다. 일일이 찾아가 근로계약을 하거나 근로계약 건 때문에 원거리 이동의 폐해가 사라지고 계약서 분실위험도 해소된 것이다.

다른 현장에서 신분증 도용 등에 대한 우려가 제기되자 한 팀장은 주민등록증 사진, 지문과 근로자의 얼굴이나 지문을 매칭하여 본인 인식까지 가능하면 예방될 문제라고 설득했다.

'스마트 계약관리 TF팀' 한 팀장은 과거 근로계약을 한꺼번에 바쁘게 진행하다 보니 개인별 근로계약과 다른 조건이나 내용의 근로계약이 혼재되어 아찔한 경험을 떠올렸다. 현장에서 직종별, 근무 장소별, 교대제 근무의 경우 근무시간대별, 시급·일급별로 분류해놓은 근로계약서의 분류체계를 메인 화면에서 제시해서 혼선이 야기되지 않도록 설계를 요청했다.

그리고 한 팀장이 대표이사 격려금을 받은 것은 그 뒤의 성공적인 프로모션이 결정적이었다. 현장 직원이 그날그날 출근하면서 근로계약을 완료할 수 있도록 출근시간대 1시간 내외로 근로계약 입력시간을 설정하고 그 이후 시간에는 자판기 스크린에 그날 물류조업 내용이나 고객사의 홍보, 광고 등을 계속 노출할 수 있도록 자판기 노출 컨텐츠 기획안을 구성하여 제안한 것이 고객사로부터 큰 호평을 받았기 때문이다.

1년 전에 일용직 근로계약서 분실 사태로 본사의 문책을 받았는데 약 1년 만에 본사에 다시 불려들어가 대표이사로부터 격려금을 받고 그해 계간지 사보의 표지모델로도 등극하게 된 것이다. 지금은 본사로 옮겨 '사업기획 부팀장'의 명함을 갖고 있다

PART 03

일 대하는
자세가
다른 일머리
DNA들

'열심히 배우겠다 하지 마라.'
'뭐든 최선을 다하겠다' 라는 말도 마라. 망언까지는 아니지만
당신을 팝업시키기엔 한참 약한 답변들이다.

01 ▼▲ 입사 후 가장 궁금해하는 것

신입사원이 들어오면 관리자나 직원들은 각자의 입장에서 새로운 활력과 변화를 기대하기 마련이다. 관리자는 아무래도 소속된 조직 내의 새로운 변화요인으로 기대하면서도 적응과 안착을 위한 케어에 마음을 쓰기 마련이고, 부서원들은 기대와 호기심, 부담감이 공존하면서 부서 내의 이목을 받게 된다.

똑같은 코스와 경로를 거쳐왔지만 신입은 늘 관심의 대상이 된다.

그 관심의 대상은 인간적인 호기심보다는 사실 소속 부서 내에서 조직에 보탬이 되는 자원이 될지, 애물단지가 될지, 모두의 이해관계와도 맞물려 있어 그의 언동과 평판은 부서 내의 가장 큰 이슈가 된다.

입사 후 옷차림, 말투, 행동, 초기 업무지시나 요청사항에 대한 반응, 조직 내 분위기나 크고 작은 사건에 대한 무의식적인 수용이나 태도까지 모든 것이 관심의 대상이 되고 나름대로의 이미지로 형성되어간다.

그렇다면 우리의 신입들은 어떤 전략과 자세가 필요할까

그들이 입사 초기 꼭 놓치지 말아야 할 3가지 덕목과 입사초년생들이 조직 내에서 가장 어려워하는 것 3가지에 대한 대처방안에 대해 나는 현장에서 직접 그들과 부대끼며 체감한 것을 토대로 제시해보고자 한다.

입사 초기 놓치지 말아야 할 3가지 덕목은 '규정과 지침 중시', '인사성과 부지런함', '밖에다 흘리지 말 것' 등이다.

첫째 '규정과 지침 중시'다.

면접 현장에서 규정과 실적이 상충되는 상황에서 한 가지만 선택해야 하는 상황이라면 어느 쪽을 선택하겠는가? 라는 질문에 지원자들의 응답 분포는 거의 5:5의 비율이 나온다. 실제로 규정이나 원칙보다는 실적을 더 우선하는 지원자들이 의외로 많다. 즉 융통성으로 보고, 문제가 노출될 우려가 없다면 실적을 우선하겠다는 반응들이다. 큰일 낼(?) 생각들이다. 조직은 생존과 이익이다. 그것에 반하는 자존심과 성과는 먼저 내세워서는 안 될 일이다.

기업마다 정도경영, 준법경영을 내세운다. 조직 내 인사, 재무회계, 거래처 계약, 실적이나 성과보상 등 기업 내 모든 행위와 보고는 원칙과 규정대로 해야 한다. 변칙이나 편법과 융통성은 구분해야 한다.

둘째, '인사성'과 '부지런함'이다.

업무능력이나 직무적응 등 실무적인 측면에 앞서 인간성과 됨됨이를 먼저 보는 것이 인지상정이다. 사실 업무나 조직적응이 다소 느려도 인간성과 사회성에서 무난하다는 인식을 받게 되면 그렇게 심각한 애로는 겪지 않을 것이다.

어느 누구든 볼 때마다 인사를 해라. 자주 마주칠 때는 가벼운 목례를 하더라도 항상 인사는 챙겨라(안면 몰수한다는 인식은 치명적이다.). 특히 청소하시는 여사님들이나 경비원분들께도 소홀히 마라. 의외로 조직 내의 빅마우스다.

부지런함은 신입사원의 필수 덕목이다. 의자에 앉아있는 시간보다 서 있거나 이동하고 활동하는 일이나 업무에 더 집중하라. 상사나 선배가 명시적으로 지시, 요청하는 것을 제외하고는 말이다.

셋째, '밖에다 흘리지 말 것'이다.

퇴근 후 술자리, 점심 약속, 각종 모임이나 미팅에서 자신이 속한 회사나 조직, 함께 하는 상사와 선배에 대해 불만과 비난 등 뒷담화를 하는 경우가 의외로 많다.

심지어는 경쟁사 간, 협력사 간에도 실무자들은 서로 소속 회사나 상사의 뒷담화를 나누기도 한다. 같이 앉아있기도 어색하고, 그 대상자가 내가 아는 사람이라면 더더욱 불편해지고 당혹스럽기까지 하다. 신입사원의 일거수일투족은 지위고하를 막론하고 관심사가 되고 평판이 되어 이미지로 포지셔닝된다. 회사 내에서 부정적으로 느낀 부분, 특히 불만과 악평을 밖에서까지 늘어놓는 것은 절대 금기시해야 한다. 부정적 언행보다는 인정하고 칭찬하며 동기 부여해 보려는 노력이 우선되어야 한다.

국내 모 일간지에서 입사 초년생이 직장에서 가장 어려워하는 점을 물어보는 설문 결과 전체 응답자가 가장 많은 비중으로 답한 내용은 '문서 작성법' '실제 퇴근 시간', '일의 우선순위 결정' 등 3가지로 압축되었다.

첫째, '문서작성'은 NCS의 직업기초능력에서는 의사소통력으로 분류되지만 아무래도 기본적인 기획과 구성능력이 요구되는 부분이다.

자소서 탈출이라 좋아했건만 입사해보니 회의록, 보고서, 제안서들이 수두룩 빽빽하다. 직장인들이 가장 많은 시간을 쏟는 업무가 바로 문서작성이니 그럴 만도 하다. 위의 문서 외에도 내부 기안, 외부 공문, 의견서 등 내부에서 발생하는 모든 문서는 누구한테 무엇을 언제까지 전달하느냐가 관건이다.

예를 들어 보고서라면 보고받는 자에게 꼭 알려야 하거나 알아둘 주요 내용뿐만 아니라 그 내용들의 표현수준과 분량, 제출기일 엄수 등이 가장 중요하다. 이를 위해선 메모하는 습관을 들여야 한다. 익숙하지 않지만 직장에서 자주 사용하는 단어나 문장, 업무와 관련된 중요한 결정사항들을 그냥 지나치지 말고 메모해둔다. 메모한 내용들을 보고서에 틈틈이 반영한다면 정말 센스있는 신입사원이 될 것이다.

실제 작성단계에서는 ① 핵심을 먼저 올려놓고 부연설명과 경과 내용을 작성하는 것이 좋다.(회사 내에 관련 양식이 있다면 먼저 참고하는 것도 좋은 방법이다.)

② 각 문장들은 단순하고 짧게 쓰는 습관을 들이는 것이 좋다. 한 번에 여러 가지를 말하려고 하지 말고, 최대한 심플하게 작성하는 것이 가독성을 높이는 비결이다. ③ 보고서를 보기 좋게 편집하는 능력도 보고서의 70~80% 비중을 차지한다. 글꼴, 글씨 크기, 머리말·꼬릿말, 쪽 번호, 앞줄 정렬, 기호 등 문서를 보기 좋게 만드는 것도

빼놓을 수 없는 능력이다.

두 번째로 어려워하는 것은 '퇴근 시간' 이다.

주 52시간 시행으로 빈번한 야근은 사라질 것이다. 그러나 아주 가끔이라도 중요한 프로젝트나 새로운 과업 수행으로 여느날처럼 칼 퇴근이 어려울 수 있다. 그럼에도 퇴근 시간을 궁금해 하는 것은 눈치 보지 않고 뒷말 듣지 않고 무난하게 퇴근하는 시간을 말한 것일 거다. 물론 신입사원 때는 그런 날 퇴근 시간에 눈치를 볼 수밖에 없겠지만 자신의 업무를 주도적인 시간 관리 하에 처리해가고 있다면 주저 말고 퇴근하라. 다만 별도 지시받은 업무가 있다면 진행 상황 보고를 하고, 부서 전체에 큰 이벤트가 있다면 도울 일이 없는지, 무엇을 하면 되는지 적극적인 원군을 자청하는 것은 뛰어난 소통능력이 근간이 되는 능력이다.

세 번째는 '일의 우선순위'에 대한 판단에서 어려워한다는 점이다.

문제해결력의 단초가 일의 우선순위 결정이다. 자신의 업무를 유형별로 분류해보면 내가 전담하는 일, 팀원과 협업하는 일, 일시적으로 맡게 된 일, 잡무 등으로 나뉜다.

업무의 우선순위는 중요도와 긴급성이 함께 요구되는 일, 중요하지만 당장 급하지는 않은 일, 중요도에선 떨어지지만 당장 급한 일 등의 순으로 보면 된다. 다만 중요한 일이든, 중요도가 덜 한 일이든 긴급성을 요하는 일은 혼자서 가능한 일인지, 팀원들과의 협업이 필요한 일인지 확실하게 파악하고 앞선 조치가 필요한 부분은 미리 공유하고 협조 요청해야 한다.

자신의 삶이나 커리어 개발도 이런 이치와 같지 않나 싶다.

02 ▼ 나만의 관점으로 새로운 가치와
▲ 본질을 만든 사람들

애플의 창업자인 스티브 잡스는 창조를 '서로 다른 것을 연결시키는 힘'이라 했다.

처음부터 휴대 개념의 손 전화기가 아니었다. 손안의 PC, 주머니 속의 인터넷을 겨냥한 것이 핵심 컨셉이고 본질이었다.

통화용 디바이스에 대한 기존 관념을 이동하는 인터넷의 접목으로 확산되면서 전혀 다른 방식의 융복합을 통해 기존에 없었던 사물의 개념을 새롭게 창조해간 것이다. 본질은 따라가는 것이 아니라 스스로 찾아내고 지속적으로 갈고 닦아야 하는 것을 라이브로 증명해보인 것이다.

국내 최초의 죽 전문점을 일으킨 김철호 사장. 포만감을 위해 기존 죽집보다 훨씬 많은 양을 1인분으로 책정, '한 끼 되는 죽'이라는 새로운 가치를 창출했고, 대구의 카레 전문 스타 매장주를 꿈꾸는 이민혁 꼬레아카레 대표는 가성비 좋은 독특한 풍미와 깔끔한 일본 가정식이라는 핵심가치를 내걸면서 한국인 입맛에 맞는 레시피를 개발, 월평균 1,400만원의 매출을 올리고 있다.

핵심가치나 본질은 비즈니스나 각자 업무에만 국한되지 않는다.

국보급 투수 선동렬. 현역감독 시절, 그는 선수 각자가 생각하는 훈련의 이유, '왜'가 강팀을 만든다고 역설해왔다.

"훈련은 누가 시켜서가 아니라 스스로 납득할 수 있을 때까지 해야 한다. 한국야구가 아직 일본에 못 미치는 가장 큰 이유 중 하나가 이 부분이다. 훈련을 통해 자신의 약점을 찾고 이를 보완해야 한다. 감독이나 코치가 시켜서 억지로 하는 훈련은 안하느니만 못하다"고 강조했다.

투수와 타자 모두 밸런스를 강조하는 것도 이 때문이다. 밸런스는 개인마다 다르다. 근육의 질이나 근력. 유연성 등이 제각각이기 때문이다. 선 감독은 "똑같은 폼으로 똑같은 구위를 낼 수 있다면 모두 일등이 될 수 있다. 하지만 야구는 그리 간단치 않다. 타격과 투구 훈련을 하면서 스스로 자신에게 맞는 최상의 밸런스를 찾고. 이를 유지하려는 노력이 필요하다"고 설명했다. 최상의 밸런스가 프로로서 그 선수만의 핵심이고 본질일 것이다.

현재 최장기간 한국인 메이저리그 야수인 추신수.

그는 "내가 여기서 무너지면 한국야구가, 내 가족이 함께 무너진다는 책임감이 있다"고 말했다. 어릴 때부터 몸에 밴, 물러설 곳이 없다는 절박함이 그를 훈련 벌레로 만들었고, 시즌 때는 물론 스프링캠프 때도 훈련 시작 3시간 전에 출근해 개인훈련을 소화한 한 뒤 공식 훈련에 참가할 정도였다. 그 루틴이 10년 넘게 빅리그에서 풀타임 활약한 추신수의 본질이 된 것이다.

따지고 보면 수많은 국내 정상급 타자들이 '미래의 추신수'를 가슴에 품고 메이저리그에 입성했지만 벽을 넘지 못하고 돌아섰다. 어쩌면 그런 '본질'과 '사명감'이 결여된 게 가장 큰 실패 원인이 아니었을까. 본질은 기본이고 핵심이다. 그것은 내면의 힘에서 나온다.

외모도 중요하지만 곧 내면적 개성과 자신의 정체성에 대한 고민도 그래서 중요한 과정이다. 성형해서 얼굴이 예뻐지면 몸매도 바꾸고 싶고 몸매가 되면 거기에 걸맞게 명품으로 치장하고 싶고 그러다 보면 집안의 가구도 명품가구를 들이고 아파트도 명품브랜드를 찾는다. 그러다가 무심히 쳐다보던 남편이나 남자친구까지 바꾸려 들지도 모른다.

그러나 팩트는 분명하다. 식당 서비스가 아무리 좋아도, 맛이 없으면 발길 끊기고 아무리 화려한 무대와 안무라도, 노래를 통한 울림과 호소력이 없는 가수는 오래 지속되기가 어렵다.

2호선 대학(이른바 서울 지하철 2호선 라인에 걸친 대학들을 일컬음)을 나와 좋은 직장에 들어가도 기껏 10년, 잘 버텨도 15~20년, 1%도 안되는 확률로 임원까지 가더라도 임시직원의 줄임말이라는 자조적 표현이 나돌 만큼 그 자리에서 내려오게 되면 더 큰 박탈감이 든다. 그 승산 없고 재미없는 그 길을 그대로 답습해갈 것인가?

그래서인가. 신입사원 교육이나 오리엔테이션을 마치고 각 부서 배치 후 3개월이 지날 때쯤이면 이들에게 전혀 다른 정체불명의 고단함과 불안함이 뒤섞인 감정들이 터지는 경우가 많다. 특정 소수를 제외하면 한결같다. 이는 신입사원들의 1년 근속률이 갈수록 떨어지고 있는 현상으로 이어진다.

이도 저도 가망 없는 현실 폭망을 탄하자는 게 아니다.

입사하자마자 퇴직을 꿈꾸는 아이러니는 절대 금물이다.

직장은 업무와 조직적응이라는 선결과제가 있지만 무엇보다 자신의 정체성과 주도성을 기반으로 한 강점을 발견하고 점진적으로 나만의 비즈니스 코드를 찾고 확장해가는 무대로 활용해야 한다. 앞서 소개한 주인공들처럼 그들은 각자의 영역에서 나만의 생각과 관점을 통해 과업의 핵심가치와 본질을 명확하게 정의하고 규정해간다. 그러면서 자신의 비전과 목표점을 선명하게 정하고 치열하게 나아가고 있는 것이다.

○○대학교에는 '문빠클럽'이 있다.

○○대학교 취업경력센터에서 취업컨설턴트로 일하고 있는 문○○ 씨의 팬덤이다.

2~3년 전 근무 초기, 방학 중이라 취준생이나 재학생을 많이 만나볼 수 없었지만 취업 지원 프로그램이나 채용 추천 건으로 문자를 발송하게 되었다.

무응답이나 메시지를 차단당하는 경우가 대부분이었다. 이메일도 병행했다.

"○○야, 형한테는 필요 없는 내용이니라", "대체 뭐 하는 분이시냐"라는 회신은 차라리 애교 수준이었고 갖은 험한 욕설과 냉담한 반응들의 연속이었다. 그는 그럴수록 좀 더 세심하고 정교한 문자와 이메일을 보냈다. 정말 다급하고 중요한 경우는 음성이나 영상으로 남기기까지 했다.

한 달 문자발송 요금이 2~3백만 원을 훌쩍 넘길 때쯤 조금씩 반응에 온도 차가 생기기 시작했다. 아무리 성의 없고 짧은 답글이라도 반드시 1:1 마음 챙김의 내용으로 문자를 날려준 것이다. 이제는 메시지를 보낼 때 반드시 확인 전화가 오게끔 할 수도 있단다. 학과별로, 취업동아리별로, 얼마 전에 입사서류를 접수한 개인별로도 형님, 오빠처럼 챙기는 격려 문구와 정보 메일은 늘 한결같다.

알선추천, 실전 모의면접, 진로적성검사 등 전달하는 내용도 다양하고 사안별로 준비사항이나 필요내용에 대한 안내와 당부는 깨알 같은 마음이 배어있음을 이젠 누구나 알고 있다.

"땡스 문쌤", "OO 문블리", "우리의 마음신 문형" 등 애칭도 많다.

'OO대 취업경력센터 문OO입니다.' 로 시작되는 문빠의 문자는 예비 취준생과 재학생들에게는 이제 긍정의 에너지와 영향력을 발휘하고 있다. 문빠의 문자는 그렇게 OO대의 1인 셀럽, 인플루언서로 거듭나고 있다.

문OO 씨는 취준생들에게는 이전과는 차별화된 내용, 더 나아진 취업 정보와 그것들을 전달하는 마음의 진정성이 동반된다면 언제든 반드시 그들이 알아보고 찾아올 것이라는 확신을 갖고 있었다. 그 확신에는 그만의 생각과 철칙이 묻어난다.

최선을 다한 결과나 행동이라도 '한 번 더, 조금 더' 의 정신으로 '좋은 것은 반드시 나누고 전파한다.' 는 명품서비스 정신이 자신 업무의 본질이라고 그는 강조한다.

03 ▼ 시작이 다르고 싹수가
▲ 보였던 이들

'노력하지 않아도 되는, 편하게 일할 수 있는 곳을 절대 찾지 말라'

'회사 연봉을 비교하기보다 어디서 일을 해야 더 어렵고 힘들지를 더 중요하게 생각하면 자신을 성장시키는 미래가 있다.'

글로벌 기업 '칸타헬스(Kantar Health Korea)' 의 보건의료분야 데이터 분석 연구원으로 근무하는 '안현정' 씨의 말이다.

대학원생 시절, 데이터 분석대회에서 입상 후 칸타헬스에 입사한 그는 계약직 신분으로 신설 부서에 배속됐다. 맡게 된 업무는 갈수록 과중해졌고 보수는 적었다. 규모가 작고 일도 많은 그 회사에 대해 막연한 불안감과 회의감이 커져 갔다.

그런데 이런 생각이 들더란다. 이 일은 지금껏 아무도 하지 않았다. 그래서 내가 시작하면 가장 많이 배우고 가장 빨리 전문가가 될 수 있다는 것은 확신이 들었고. 다시 제 마음을 단단하게 다지기로 했단다.

새로운 사업 구조를 만들어야 하는 신생 부서에서 그는 단 한 명의 신입사원이고 팀장이었다. 맨땅에 헤딩하듯 일을 해나갔다. 처음 2년 동안 수많은 시행착오 속에 자괴심과 실망감은 깊어지고 스트레스와 갈등도 극에 달했다. 도피하고 싶었다.

그때 그를 견디게 해준 아프리카 봉사 시절 스토리를 떠올렸다.

르완다 봉사를 시작도 전에 그는 적응을 못 해 음식부터 현지 주민들과 소통에도 애를 먹었다. 아니 자신의 나약한 민낯을 직면했다. 별다른 노력 없이도 공부든, 친구든 쉽게 얻을 수 있었던 자신이 힘든 것은 해보지 않아, 뭘 하던 평균이었고 자신의 한계 안에 갇혀 있음을 발견했다. 영어를 하든 청소를 하든 뭘 해도 평균 수준에서 더 망가지지 않고 무난하고 예쁘게만 하려다 보니, 항상 그 자리에 머물러 있는 것이었다.

작정하고 평소에 말 한마디 섞지 않았던 봉사단 동료에게 처음으로 자신을 낮추고 마음을 터놓고 말했다. "내가 널 무시했지만 정말 멋진 봉사단원이다, 나는 정말 여기에서 잘하는 게 없다"고 말했을 때, 그 동료는 그를 이해해주고, 그렇게 말해줘서 고맙다고 하더란다. 그는 부끄러운 사람이 됐지만 사람의 마음을 얻는 방법을 배웠다.

그가 아프리카에서 아무것도 잘하는 것이 없다고 느꼈을 때 자존감과 무력감은 바닥이었다. 그럼에도 그의 반전 마인드가 남달랐던 것은 스스로에 대한 엄혹한 자각이었다. 그를 일으켜 세운 자각은 '내 한계 안에서 살았더니, 평균 이상은 못 한다. 이제부터는 못 하는 것을 해보자' 였다.

그리고 지금, "내가 회사 대표라고 생각하면서 뭐든 대충하지 않고 최선을 다했어요. 가장 많이 배우고 느낀 시간이었어요."라고 소회를 밝혔다.

그는 보건의료 분야에서 새롭게 시도한 데이터 분석을 인정받아 한국지점 최초로 본사가 수여하는 이노베이션상을 받았다.

"중요한 건 아이디어다. 다만 그것이 세상에 없는 뭔가를 만들어내는 건 아니다. 트렌드를 쫓아가되 그 안에 나만의 관점과 생각을 넣는 거예요. 이걸 기획이라고 부릅니다."

유튜브의 신, 연 매출 17억의 대도서관 '나동현' 씨가 강조한 메시지다.

그가 처음 취직한 곳은 이러닝 회사였다. 알바로 시작했지만 온라인 콘텐츠를 유통하는 일인데 처음으로 일하는 재미를 느꼈다. 무언가 새로운 걸 기획하고 만들어내는 일이 그만의 달란트를 일깨운 것이다. 일이 재밌어 야근도 자처하고 회의도 열심히 쫓아다녔다. 그를 눈여겨본 부사장이 정직원을 제안했다.

전부 대졸 사원인 조직에서 고졸인 그에게 정직원 제안은 파격이었다. 그리고 미디어 제작 업무를 맡겼다. 당시 이러닝 사업의 초창기였기 때문에 동영상 촬영과 편집에 들어가는 외주 비용 부담이 커지면서 회사에서도 고민이었다.

"지금은 제가 못하지만 한 달만 주면 뭐든 할 수 있다"고 했다.

직업적 미성년을 탈피한 도발이 시작된 것이었다. 그리고는 세미나도 다니고 독학을 하면서 동영상 기술을 배웠다.

그러다 두 번째 기회가 찾아왔다. 당시 이러닝업계 2위였던 회사로 이직을 하게 됐다.

그는 지원서 첫 줄에 '고졸인데 지원해서 죄송하다'고 썼다. 그 대신 그동안 자신이 무슨 일을 했는지, 입사하면 회사를 어떻게 바꿔놓을 수 있는지 상세하게 설명했다.

그렇게 옮긴 회사는 이투스. 얼마 후 이 회사는 SK커뮤니케이션즈에 합병됐다.

그는 뜻하지 않게 대기업 사원이 됐다. 가장 잘 나가는 IT기업이었지만 그는 더 열심히 했고 더 몰입했다. 결국 평가에서 최고 등급을 2번이나 받았다.

그는 사내에서 신규사업을 연구하는 모임에 들어갔다. 자기 사업의 꿈도 생겼다. 하지만 현실은 녹록지 않았다. "막상 제 사업을 하려고 보니 고졸 출신에게 투자를 하려 하지 않는다는 걸 알았습니다. 그때 깨달은 것은 내가 '1인 브랜드'가 돼야겠다는 것이었죠. 그러면 학력도 인맥도 필요치 않으니까요." 비로소 그만의 관점과 생각의 혁신으로 모멘텀을 찾은 것이다.

저성장 기조와 만성 취업난으로 국가 정책은 직장에 빨리 들어가고 유지되도록 재정지원에 주력하는 모습이다. 당장 도움이 될지는 모르겠으나 지금 구직자와 입직자를 비롯한 청춘들은 혼란스럽다. 정보기술의 첨단화, 4차산업 등으로 '고용 없는 성장'이 고착화되고, 평생직장은 사라지고, 계약직, 프리랜서와 같은 비전형 노동이 확대되고 있어서다. 한번 잡은 일자리가 평생 보장은 커녕 한 달 뒤를 장담 못 한다. 주변의 개입은 더 난감하다. 누구나 들어서 알만한 기업의 회사원이나 공무원이 되고 결혼해서 성실한 가장이 되고 2세들도 잘 부양하고 등등의 주문들을 고집한다. 불안정한 그들을 더 옥죄고 있다. 취업은 커녕 당장 어찌 살아갈지, 어떤 가치와 목적으로 나를 만들어 갈지도 혼란스러운데 말이다. 평범한 진리이지만 더 곱씹어보자. 행복은 돈이 아닌 존중, 성장, 자유의지 등에서 결정된다고 한다. 타인으로부터 무시당하지 않고 존중받을 때, 부딪쳐 배워서 성장

했다는 느낌이 충만할 때, 열등감에 위축되지 않고 잘 해낸 일의 결과가 뿌듯할 때 행복을 느낀단다. 무엇보다도 그것의 지속성과 감도는 삶을 주도적으로 살고 있을 때 유지된다.

나는 데이터 분석 연구원 '안현정' 씨의 간절함을 동반한 주도성과 주체성에 애잔하지만 큰 감동을 받았다. 궁극의 행복감을 공유했다고 본다. 주도성과 주체성은 자신만의 정체성, 자존감(향상심), 고유성에서 비롯된다. 정말 못 견디게 힘들고 버거울 때 그를 지탱해주는 의지와 사고의 체계는 이런 3가지 요소가 기초가 되었다고 본다.

이 3가지를 잃지 않고 유지해가는 원천은 두 번째 사례자인 '대도서관'이 그만의 기획론을 설파하면서 강조한 '나만의 관점과 생각'이라고 정의해본다.

※ [기사 참조] 데일리투머로우 2018. 2. 20일자, 중앙일보 2018. 11. 25일자

04 ▼ 마음이 통하고 일머리가 통하는
▲ 그대는 내사람

　　　"알아서 잘해, 이래라저래라 안 해도 되니까", "맥을 잘 짚어나가니까 든든하지 뭐"

　"어쩔 땐 나까지 일할 맛 나게 하거든"

　○○시스템의 입사 2년 차 이은지 대리다. 흔히들 말하는 직장 깡패다. 임직원 300여 명 규모의 ○○시스템 내부에서 단연 탑3에 꼽을 정도라고 한다.

　대리급 이하 또는 입사 2년 차 미만 동료나 후배 직원들은 가끔씩 은 고개를 절레절레 흔들어댄다. 평판도 엇갈린다.

　"유난떤다". "아닌 척 잘난 척한다.", "그래도 일 처리는 깔끔하다." "기분 안 나쁘게 부탁하고 가끔씩 마음 알아줄 때는 고맙다니까"

OO시스템 이은지 대리.

그는 모든 과업이나 업무 오더를 받고 수행할 때, 그 업무가 전략적인 중요사업이거나 그 일환인지, 기존사업의 유지 또는 확대를 위한 것인지 먼저 정의하고 판단하고 그것을 바로 윗 선배나 전임자와 잠깐이라도 교감하고 생각을 정리해놓는다.

그 업무를 통해 얻고자 하는 바가 무엇인가를 분명하게 알아야 하기 때문이다. 다른 하나는 그 업무가 회사에 어떤 성과를 창출하고 기여하는지를 스스로 정의해보기 위한 필요성에서다. 일의 시작단계에서 책임팀장에게 구두보고를 통해서 자신의 생각을 사전 체크 받고 반드시 업무계획표에 메모해둔다.

그는 팀장으로부터 'A프로젝트'를 위한 사전조사, 준비 업무의 수행 기한을 3주로 받았다. 그 업무개시 1~2일 안에 그는 업무계획서를 팀장에 내민다.(이런 직원 없다. 기특하다고 생각되는 단계다.) 그 업무계획서에는 오더를 받은 정확한 업무 내용과 수행 책임(자기 자신과 도움요청 예정자 등)이 있고 결과물에 대한 인덱스와 자신이 목표하고 생각하는 업무 결과물과 수행 방향이 있고 후단부에 추진 일정과 비용까지 제시한다.(이건 또 처음이다. 당황스럽지만 안심이 되고 살짝 기대와 믿음이 커진다.) 당연 피드백을 받고 매주 2회 정도 중간 점검을 받는다.(요즘 수시 보고하는 담당자는 의외로 많지 않다. 일의 진척 상황도 알고 중간 모니터링 효과도 있다.) 지원 부서에서 이 대리의 협조요청에 대해 확인 전화가 온다. 여간 꼼꼼한 것이 아니더란다. 부서장으로서 어깨에 살짝 힘이 들어간다. 최종 완료 보고서를 내민다. 2주 만이다.(이러니 팀장 입장에서는 예뻘 수밖에) 남은 1주 동안 수정, 보완하는 시간이다. 최악의 경우 중간 점검이나 보고 없이 3주가 다 되어가는 시점에 방향이 다른 내용이거나 중요한 사항이 빠졌다면 결정적인 패착이 된다. 정작 그런 시점에 그런 상황이 되면 담당자에게 화를 낼 수도 없는 상황이고 결국은 보고받은 팀장이 무능한 부서장이 되고 만다. 이 대리가 얼마나 미덥고 든든하겠는가.

이 대리는 사내 비즈니스마스터급이다. 현재의 팀장이 그를 발탁하게 된 것도 그의 문서작성력이었다.

입사 5년 차인 선배 정 대리 업무의 인수인계를 받을 당시, 너무나 허술하게 받은 나머지 인수 후 고생했던 업무 내용과 지원 사항, 해소 방안들을 전부 기록, 확인 보완하여 아예 자신의 업무매뉴얼을 작성했는데 이 문건이 현재의 팀장 눈에 띈 것이다. 새 부서로 발령 근무 후 1년 만에 첫 승진대상자로 추천이 되었고 입사 2년 만에 대리로 파격 승진된 것이다.

이 대리가 일을 잘하는 방법은 다른 직원들도 잘 알고 있다. 보고 알면서도 그러질 못한다. 속을 못 보고 파고들지 못하기 때문이다.

이 대리는 매주 월요일 오후 2시(월요일 오전은 팀장 회의와 본사 관련 업무로 바쁜 시간대라 나름 팀장의 시간상황을 고려한 것이다.) 직속 팀장에게 자신이 금주 할 일과 완료할 일, 그리고 보고할 일을 지정하여 보고한다. 그리고 그 주 금요일 오전 10시 월요일 보고했던 내용에 대한 진행, 완료 사항을 보고한다. 특히 특정 업무가 완료됐을 때 팀원들과 공유나 후속 협업이 필요한 업무는 그것을 정리, 후속 협조 사항을 포함한 보고서를 만들어 다시 팀장 확인을 받아 팀원들에게 공유했다. 이 대리가 소속된 부서장은 1년 동안 이 대리에게 업무 진행의 중간 상황을 물어본 적이 없었다.

최근 2~3년 사이 4차 산업혁명의 본격 도래를 앞두고 산업프레임과 라이프사이클에서 직업, 노동시장에 이르기까지 변화의 폭과 깊이의 대변혁이 예고된다.

산업간 경계가 없어지면서 융복합이 되고 온.오프라인을 포함한 모든 사물과 사람들이 인터넷으로 소통하는 초연결사회를 예고하고 있다. 대부분 비슷한 전망들이다. 센서와 빅데이터, 딥러닝까지 결합한 형태의 인공지능은 인간의 기존 일자리 대체가 커지고 그만큼 인간만의 새로운 고부가가치 일자리를 만들어낼 것이라는 예측과 진단에서는 조심스러우면서도 미묘한 차이를 보이고 있다.

로봇과 함께 일하는 비즈니스 시대에 단순, 반복적인 업무부터 빠르게 로봇으로 대체되는 시스템(RPA:Robotic Process Automation) 도입으로 지금의 업무들이 상당 부분 줄거나 없어진다. 조만간 사고와 판단까지 요구되는 업무도 로봇으로 대체된다면 우리의 진짜 역량은 어떻게 발휘할 것인가. 아니 정말 창의적이고 부가가치 있는 역할을 할 수 있을 것인가에 대한 아주 신중한 직면의 순간들이다. 학계나 경영계의 보고서에 따르면 4차 산업형 인재나 업무능력에 등장하는 키워드들은 그리 새롭지 않은 것들이 의외로 눈에 많이 띈다.

따르기보다 앞서 가보는 것, 경계나 구획보다는 넘나들 수 있는 확장성과 수용성, 패턴화된 업무처리가 아닌 접목과 융합을 통한 새로운 시도와 창의력, 탑다운식의 결정문화보다는 아래에서부터 수평적인 협업과 공유의 코드들이 요구되는 것이다.

컴퓨터 기술자가 아닌 창조적 사고를 하는 감성적 성향을 지닌 인재가 4차 산업혁명을 이끌어가는 적임자라는 것이다.

여기에서 4차 산업과 컴퓨터란 말만 빼보자. 사실 우리는 지금까지 대외적인 인재는 늘 창의적이고 도전과 변화관리를 잘하는 인재상을 내걸어 왔지만 내부적으로는 기존 직원들과 화합을 잘하고 대인관계가 원만한 사람, 먼저 움직이고 조직의 비전을 스스로 만들어갈 핵심인재, 일방적인 근육형 인재보다는 감성과 공감을 잘하는 소통형 인재를 늘 찾아왔고 먼저 확보해왔지 않은가.

일 잘하는, 스스로 만들어가려는 구성원들에게 더 많은 자유와 선택지를 제공함으로써 실질적인 비즈니스 권한을 선사해야 한다. 그리고 그들 자신의 가치를 재평가하고 자신과 비즈니스의 우선순위를 재정립할 기회를 주어야 한다.

　이제 기업들도 그 기준들을 좀 더 세밀하게 들여다보고, 정교하게 설계해야 한다. 그래야 그들을 좀 더 인정하고 좀 더 확실하게 육성할 수 있을 것이다. 그리고 그 인재와 함께 그려갈 조직의 분명한 비전과 가치를 그들과 수시로 공유해야 할 것이다.

05 ▼ 벤치마킹이 아닌
  ▲ 퓨처마킹을 하는 사람들

'열심히 배우겠다 하지 마라.' '뭐든 최선을 다하겠
다' 라는 말도 마라.

망언까지는 아니지만 당신을 팝업시키기엔 한참 약한 답변들이
다.

최종 관문을 통과하게 되면 그 회사는 당신의 능력과 열정을 내놓
을 자리이지 머리 숙이면서 배우고, 무작정 들이댈 조직이 아니기 때
문이다.

차근차근 끝까지 가르쳐줄 사람 없다. 능력이 부족하고 눈치가 없
어도 그것을 순수와 열정으로 봐주는 사람도 없다.

다만 당신의 미래를 회사의 미래에 접목하여 제법 말이 되는 청사
진을 제시해보라. 완성도와 시장성은 관리자와 전문가가 판단한다.

때문에 조직 내에서 자신의 전략적 주도성으로 미래에 그려지는 비전과 그에 따른 달성가치와 모습을 공유해보라. 치열한 고민과 학습, 실행 의지, 몰입된 자세가 필요함을 자각할 것이다.

바로 퓨처마킹이다.

'마지막으로 하고 싶은 말이 있다면 해보라'는 개방형 질문에 답하는 신입들은 그것을 명심해야 한다.

조직 내 채용 여부를 결정하는 면접관들은 과거의 비중이 크다. 과거 개척과 경쟁 시대에 벤치마킹을 해온 그들이다. 그러나 자신을 있게 한, 지금까지 자신이 만들어온 성과와 이야기는 과거형이다. 지나간 시간은 그들의 존재를 있게 한 만큼 미래를 보는 그들은 그만큼 불안하기 마련이다. 그래서 미래를 말하는 신입들에 대해 그들은 우려만큼이나 기대를 갖기 마련이다. 아니 새로운 경외의 마음도 들썩일 것이다.

"회사에서 이루고 싶은 중장기적 목표에 대해 구체적으로 말씀해 주십시오."라는 면접 질문이 떨어졌을 때도 같은 맥락이다.

자신이 회사와 해당 직무를 선택한 기준을 제시하고 그 직무와 회사가 왜 그 기준에 부합하는지 먼저 밝히는 것이 중요하다. 바로 직무에 대한 지원동기가 핵심이다. 그 지원동기를 자신의 성취목표와 연계하여 미래비전을 단계적으로 또는 중, 장기로 나눠 설명해보라.

뭔가 훅 들어왔다는 듯한 면접관들의 반전 분위기를 느낄 수 있을 것이다.

근거 있는, 설득이 되는, 그래서 말이 되는 자신만의 시나리오로 회사의 일부라도 미래까지 이야기하는 신입은 이미 개별적인 퓨처마킹을 한 것이다. 그가 바로 핵인싸고 갑짱이다.

1990년대 이후 노동쟁의가 꾸준히 빈발하면서 인건비는 급등하고 생산공정의 자동화와 자본 비율 급등으로 노동집약적 산업과 직무는 갈수록 줄고 있다.

2010년대 들어서는 노동 절약형 로봇과 인공지능 도입과 확산이 갈수록 더해지고 있다.

이미 사물인터넷과 무인화 시스템이 장착되면서 벤치마킹을 넘어 수십 년 후의 퓨처마킹이 이루어지고 있다. 산업의 새로운 트렌드와 프레임 속에서 우리 업계, 내가 속한 부서의 업무나 나만의 비즈니스 영역에서도 개별화된 퓨처마킹을 서둘러야 한다.

기사를 쓰고 진료를 하는 인공지능부터 면접 현장에서 지원자의 감정까지 읽어 들이는 AI 면접도 효율성과 채용의 공정성이라는 명목으로 앞다퉈 도입되고 있다.

"인공지능과 머신러닝이 발달하면 법률지식인으로서의 변호사란 직업은 위협을 받게 되지만 법률분쟁을 중재하고 법률전문 인공지능을 활용하며 심리상담을 하는 컨설턴트는 주목을 받을 것"이라고 장호성 단국대 총장은 2018 미래역량리포트 인터뷰에서 강조했다.

취업컨설팅 분야에서도 그 사람의 스펙과 커리어에 맞는 구인 정보나 채용조건, 구인 업체를 매칭하는 것은 인공지능이 훨씬 빠르고 정확하게 해낼 것이다. 다만 특정 구직자가 무엇을 어려워하고 어떤 것을 새롭게 하고 싶어 하고, 무엇에서 동기부여와 비전을 가지고자 하는지 등 커리어상담의 필요성은 더욱 커질 것이다. 노동시장의 이해를 기반으로 한 취업컨설턴트의 역할은 그래서 더욱 중요해질 것이다.

2018년 골든글러브 시상식에 참석한 LG의 베테랑 박용택 선수. 그해 특정팀이 부문별 '골든글러브상'을 싹쓸이해 LG는 자기 혼자만 참석하게 된 것이다. 그러나 그는 젊은 후배 선수들도 일부러 시상식에 참석하게 한다.

본인 수상과는 무관하고 타팀 선수들이지만 함께 축하해주고 그 무대에서 상을 받는 자신도 상상할 수 있게 한다는 것이다.(여기엔 나도 한마디 더 강조하자면 수상자도 아니면서 왜 나왔냐는 주변의 시선 따위는 의식할 필요가 없다. 당신의 꿈이 시작되는 자리인데..)

못받으면 비참하고 울컥하는 게 생기도록 말이다. 머지않은 미래에 자신이 여기에서 이런 사람들의 축하를 받으면서 '커리어하이'를

달성해낸 생생한 모습을 퓨처마킹하도록 한 것이다. 그것이 강력한
동기부여로 이어진다.

06 ▼ 판이 바뀌는 직업세계,
   ▲ 능력과 마인드 모두 바꿔야 한다

"구로 디지털단지 OOO테크노타워 A동 4층 OO회사 OOO부서 OOO씨에게 세탁물 4건"

구로 디지털단지 부근 이동사무실에서 대기하고 있는 배달 전문 OOO씨에게 들어온 문자.

몇 분 전에는 만난 지 500일을 기념해서 여친에게 꽃다발과 손편지를 대신 보내 달라는 문자도 받았다.

이들은 모바일 앱이나 SNS를 통해 배달 물품이나 일거리를 받는다. 건당, 품목당 수수료는 거리와 연동해서 정해져 있기 때문에 서비스 대행 가입자가 본인의 근무 조건(희망 시간대, 지역 등) 등을 등록, 가입하면서 확인하게 된다. 이른바 '자유직업인' 이다.

비즈니스 분야에서도 법률이나 세무, 노무 전문가, 기획자, 연구 개발, 디자이너 등 핵심분야나 프로젝트성 사업에서 강사, 행사대행, 문서대행 등 단발성 업무에 이르기까지 의뢰수준별, 기간별, 근무 형태별 다양한 옵션의 전문적인 비즈니스 대행이나 서비스를 의뢰한다.

긱경제라 한다. 긱(Gig)은 1920년대 미국 재즈 공연장 주변에서 필요에 따라 연주자를 하룻밤이나 일회성 계약으로 단기간 섭외해 공연한 데서 유래된 말인데 비즈니스 영역뿐만 아니라 일상생활에도 속속 들어오고 있는 추세다.

맛집 배달 서비스 이외에도 청소, 택배 접수, 티켓 구매, 전기 · 수도요금 대납, 심부름, 가사도우미 등 일상생활과 관련한 모든 분야로 긱경제는 끊임없이 확대되고 있다. 온라인 플랫폼이나 SNS를 통해 활성화되고 모바일경제, 공유경제와 맞물리면서 편의성과 효율성이 부각되고 있는 것이다.

4차 산업 프레임으로 이미 진입이 되었고 노동시장과 비즈니스업계는 갈수록 복잡성과 다양성이 더해지고 있다.

시장과 고객들은 더욱 직접적이고 개별적인 편익을 찾게 되고 즉각적인 체감서비스나 문제해결을 해주는 전문가에 더욱 기대게 된다. 동시에 기업들은 구성원 각자의 경험과 역량을 강조하면서도 조직 내의 협업과 팀웍, 나아가 고객 관계 관리를 중요시하고 있다.

2017 WEC 포럼에서 발표된 [Future of Job report]의 2020년 10대 숙련기술을 보면 문제해결력, 비판적 사고, 창의성, 협업능력, 정서적 지능, 사람 관리, 의사결정, 서비스마인드, 협상력, 인지적 유연성 등을 제시했다.

다만 여기에서는 각 기술 간의 연계나 인과관계성 등을 기준으로 키워드들을 통합, 정리해서 전문성(문제해결, 창의성, 통합적 사고, 의사결정)과 협업능력(협상력, 정서적 지능, 사람 관리)으로 요약한다.

일본에서는 프로 스포츠에서 선수를 뽑는 방식인 '드래프트제'를 전문 인력 채용 방법으로 활용하는 기업이 늘고 있다. 일본의 니혼게이자이신문에 따르면 구인 사이트를 운영하는 채용업체 '리브센스'는 전직을 희망하는 엔지니어가 자신의 보유 기능, 희망 보직 등을 입력하면 채용 희망 기업들이 경쟁적으로 연봉 등을 제시하는 '전직 사이트'를 운영하고 있다. 프로 스포츠에서 각 팀이 선수의 경력과 특징을 살핀 뒤 뽑고 싶은 선수를 지명하는 드래프트제의 특징을 빌린 것이다.

"자신의 프로필과 역량 등 전문성만 제대로 어필하면 응시자의 90% 이상이 1개 기업 이상에서 취업 제안을 받는다"는 게 '리브센스'의 설명이다. 드래프트제를 활용한 전직 사이트에서 엄정하게 실력을 평가받아 기업과 임금 수준을 협상할 수도 있다.

이들은 정해진 시간대의 출퇴근도 없고, 직장 상사가 주는 스트레스도 없고, 근무시간도 자유롭다. 대신 철저히 시장에서 검증된 전문가를 찾는다.

특히 최근 들어 그 전문가가 의뢰인이나 의뢰기업의 성향과 조직문화, 요구 수준을 얼마나 잘 공감하고 필요시 긴요한 협업능력이 가능한 지도 체크한다. 급조된 팀이나 외부인의 합류에도 자연스러운 협업과 시너지로 이어지기 위해서는 실력 외에도 팀웍 발휘나 공감능력도 꼼꼼히 챙겨보는 요소가 되고 있다.

명실공히 그 바닥에서의 자신의 전문성과 협업능력이 관건이고 핵심 경쟁력이다.

먼저 전문성은 곧 자기 자신감이자 경쟁력이고 문제해결력이다. 새로운 프로젝트를 수행해가기 위한 과제든, 기존사업에서 불거진 장애 요인 해소든 중요한 필요능력이다. 그것이 고객만족도와 미션 클리어링으로 이어지고, 반복될 때 신뢰로 쌓이는 것이다,

때문에 어떤 상황에서든 즉시 투입되어 문제를 해결하거나 만족할 수준의 결과물을 낼 수 있는 능력이 현실화되어야 한다. 그것이 자신만의 실력이고 전문성이다. 그 전문성이 본질이기 때문이다. 본질에 충실한 경쟁력과 일관성이 곧 신뢰로 연결된다.

아무리 춤과 퍼포먼스가 뛰어나도 가창력이 한계에 다다르면 가수의 생명력은 오래가지 못한다. 아무리 부서의 분위기를 밝게 하고 상사의 기분을 맞추더라도 업무능력이 따르질 못하면 배겨날 수 없는 것과 같다.

일본은 싫지만 일제를 선호하는 것. 음식 맛이 너무 좋다 보니 주인 할머니의 욕이나 투박한 사투리도 정겹게 느껴지는 것도 같은 이치다.

두 번째 협업능력이다. 협업은 팀워크와 공감 능력을 기반으로 한다.

이는 비즈니스 론칭이나 업무 개시 전에도 발현되는 직업 기초적인 역량이기도 하다.

고객사나 발주기관의 비전체계, 경영목표부터 당해년도의 핵심과제 분석을 바탕으로 자신에게 주어진 비즈니스나 과업의 목표와 수행 절차 등을 분석한다. 이 과정에서 조사와 인터뷰, 자료 협조 등을 거치면서 관련 부서나 스탭들과의 관계구축과 상호작용, 공감, 소통 과정에서의 평판과 이미지는 성공적인 협업과 성과물을 기약해줄 중요한 선수과정인 것이다.

업무수행 과정에서도 주변 업무나 부수적인 이슈에 대해 외부인이라는 선 긋기나 기피보다는 자신의 역할을 좀 포괄적, 적극적으로 인식하여 본업의 수행에 영향을 줄 수 있는 사안이나 문제에 대해 분별력 있게 지원하고 대응해나가는 것 또한 비즈니스 공감 능력이다. 자칫 구질구질한 상황이 연속되더라고 서글서글하게 적응해나가야 한다.

결국 업무의 처음부터 끝까지 혼자 시작하고 완성되는 일은 없다. 성과나 결과물을 내기 위한 성공적인 협업을 끝까지 유지하기 위해서는 과정, 과정에서의 착실한 교감과 소통은 가장 기본적인 덕목이고 경쟁력이다. 비즈니스 수행단계가 예측 가능해지고 그 일의 가치와 성취를 더욱 크게 하는 기대 이상의 결과물을 가져오기 때문이다.

PART 04

회사를 위해
일했다 마라,
그대의
'인생 Job'이다

신입사원은 회사의 비전을 정확히 인식해야 한다.
부서의 비전과 목표를 찾아야 한다. 회사의 비전과 핵심가치를
찬찬히 새겨보고 자신의 업무 데스크에 노출시켜보라.

01 ▼ 우리 회사이니까? &
▲ 내 일이니까!

"기존에 해오던 대로 해온 것뿐인데요."

"전임자, 선배가 일러준 방식대로 했을 뿐입니다."

심지어 그 당시에 고객사나 발주사에서 별 문제가 안 된다고 했다는 출처 불분명의 유체이탈식 화법이 나오기도 한다.

책임감 결여가 보이지만 정작 중요한 것은 어디에도 자신의 생각과 주관은 없다는 점이다. 그 점이 더 큰 도덕적 결함이며 업무적 주권을 내팽개쳐버리는 것이다.

조직원으로서의 책임감보다는 '내일'이라는 정체성이 없기 때문이다. 이른바 직업적 미성년자라고 한다.

기존의 룰과 방식에 대한 배경과 처리 프로세스를 완전히 이해하고 점진적으로 바꾸어가려는 자세는 '내일'이라는 생각이 자리해야 가능하기 때문이다.

누구도 아닌 나 스스로 작정한 일이고, 꼭 이겨내야 할 일이고, 그 결과물이 나에게 어떤 의미와 성장을 가져다주는지 재점검하고 확신하라. 그래야 조직과 성과 중심의 현장에서 견디고 몰입할 수 있는 힘이 생긴다.

나는 2013년 모 대학원에 진학하여 고용정책을 전공했다.

1993년에 학부를 졸업했으니 정확히 20년 만에 공부를 재개한 셈이다. 시간과 비용이 부담스럽기도 했지만 2년 동안 주말은 아예 없다는 비장한 각오 자체가 더 어려웠음에도 수료보다는 학기 이수와 동시에 졸업논문을 통해 학위를 수여받고 싶었다.

당시 우리 전공 내에선 논문 졸업률이 10% 내외 수준이었다. 전부 현업에서 많은 역할을 맡고 있었고, 논문 자체도 자격시험부터, 심사과정까지 워낙 쉽지 않은 과정들이 자리 잡고 있었던 터였다.

재차 초심을 팝업시키며 독하게 마음을 재정비했다. 논문 토픽은 지도받고 싶은 지도교수나 접근하기 쉬운 선행문헌과 무관하게 입학 전부터의 관심사만 생각했다. 하고 싶은 주제와 연구이슈가 될 수 있는 아이템과 주제를 복수로 선정했다. 타 전공 교수님을 소개받아 논문지도를 받게 되었다.

겨우겨우 과제를 채워가던 논문지도 중반쯤에 설문 통계에 대한 유의미성 부족과 해석 등 이해부족으로 지도교수는 나에게 백그라운드가 부족해서 논문통과가 어려울 수도 있다고 했다. 청천벽력같은 소리였고, 당장 눈앞이 캄캄해진 기분이었다. 정말 서러웠던 흑역사가 그때였다. 마음을 다잡았다. 지난 2년을 어떻게 해왔는데, 1년 전부터 논문 준비를 위해 쏟아부은 시간들과 그 묵직하고 버겁게 이겨내 온 시간들에 대한 결과물로 스스로를 인정하고 싶었던 욕구는 그만큼 더 커져 갔다.

그날 이후로 지도교수님의 모든 워딩을 기록했고 지도나 지시, 권유내용은 복귀 후 다시 교수님께 일일이 메일로 피드백을 받았고 과제 내용은 무조건 '한 번 더, 조금 더'의 마음으로 꼬박꼬박 과제를 해나갔다. 나의 이름을 달고 나가는 논문이고, 주제도 내가 관심을 갖고 의욕을 부린 내용이라 단 한 글자, 한 숫자라도 허투루 흘리지 않았다.

결국 교수님의 마무리 지도와 발표회를 끝으로 논문을 컨펌받고 교수님께 제본논문에 확인 도장을 받던 날, 이런 말을 남겨주었다.

"양 선생님의 노력은 주제의 힘에서 나왔던 거 같다. 그리고 논문 아이템도 학술논문 주제로 상당히 주목을 받을 수 있을 것 같다"고 했다.

2014년 방송된 드라마 〈미생〉에서 주인공 장그래는 요르단 프로젝트와 관련한 내부 직원의 비리로 임원들까지 인사조치되는 상황에서 장그래는 계속 추진하자고 한다.

계약직인 장그래는 비주류 신분을 벗어나기 위해 어떤 기회든 적극적으로 나서고 살려보려고 기를 쓴다. 그 적극성이 새로운 결과물을 만들어내기도 하지만 그럴수록 장그래에 대한 안티분위기는 커지고 그 안티들에 의해 장그래는 더욱 괴로운 나날을 보내게 된다.

어쨌든 비리만 걷어내면 좋은 사업이라는 요르단 중고차 수출 프로젝트는 재개되었다. 하지만 내부에서도 불편한 상황이 누적되어왔던 터라 신입사원의 제안과 주장으로 끝까지 잘 진행될지는 회의적인 분위기였다.

결국, 요르단 재개 프로젝트 프리젠테이션을 마치고 나서 대표이사가 묻는다.

"이 사업제안을 다시 재개한 사람이 막내라면서?"라며 궁금해하는 대표이사. 내쳐 그에게 묻는다.

"왜 그런 생각을 하게 되었나?"

한참을 주저하며 망설이던 장그래가 내민 한마디는

"우리 회사니까요…"

잠시 침묵이 흐르더니 프레젠테이션 장 분위기는 일순간 숙연해졌다. 프레젠테이션에 배석한 임원들은 고개를 주억거리고 누군가는 우리가 부끄러워진다는 반성의 멘트까지 흘리게 된다. 대표이사는 흐뭇한 미소와 함께 "그래 고맙네"라는 말을 전하며 요르단 프로젝트의 성공을 기원해준다.

내부의 불편한 비리와 관행을 뚫고 정면으로 이 사업의 핵심을 관통했던 장그래는 우리 회사보다는, 우리 부서보다는 결국 '내 일'이라는 주체성과 주도성이 그런 도발에 가까운 시도를 꿈꾸게 하지 않았을까.

그런데 대답은 "내 일이니까요"가 아닌 "우리 회사니까요"라고 했다.

당시 장그래는 회사 일과 내 일이 동일시되었던가, 아니면 내가 그 일을 해나가는 목적과 가치가 회사의 목표와 같았기 때문이었거나 그것을 발판 삼아야할 분명한 이유가 있었을 것이라고 생각해본다.

장그래가 아직 계약직인데다 보수적인 조직의 말단이 감히 지존 앞에서 '내 일이니까요' 라고 말하기 어려운 자리였기도 했겠지만 말이다.

02 ▼ 진짜 경쟁력은
▲ 입사 직후 3년이다

"신은 견딜 수 있을 만큼의 시련을 주신다는 데...날 이만큼 강한 사람으로 보신 건지 묻고 싶다."

정말 그렇다면 어쩔 것인가? 웃으면서 깨닫는다는 말이 있다. 사실 감동과 흥분도 격한 공감을 불러일으키지만 한바탕 크게 웃으면서도 깊이 자각할 수도 있다. '웃겨 죽겠지만 사실 나도 그런 적(성향)이 있어'라며 웃으면서도 내심 반성과 통찰을 하는 것이다.

지난했던 입사 준비와 전형을 뚫고 마침내 합격 통보를 받고 쏟아지는 축하 인사와 들뜬 기분은 하루 이틀 정도. 출근일이 가까워지면서 엄청난 속도와 용량의 걱정과 두려움들이 다운로드된다. 내가 얼마나 강한 사람인지 되물어보고 싶을 정도란다.

기업들은 글로벌 리더쉽과 함께 감성, 창조, 재미 따위의 감각적 모토의 이미지 경영 한편으로 핵심 인재로 키울 미래의 깜냥들을 솎아내기에 몰두하고 있다. 사람을 많이 쓰면 쓸수록 기업경쟁력이 떨어지는 산업구조로 편입되고 있어, 이 같은 현상은 즉시 전력화될 수 있는 촉 빠른 정예 인재, 기업 핵심가치가 내재된 유전자를 습득하여 회사와 지속 상생할 수 있는 인재 확보를 최우선하는 기업의 채용패턴에서도 확인된다.

이는 두 가지 의미에서 고용시장의 큰 변화를 이미 보여주고 있다.

첫째, 입사 전형 시, 열정과 자신감에 의한 가능성보다는 지원 기업의 사업 가치와 비전을 체화하여 자신의 역할을 먼저 설정해보고 (입사 후 희망직무가 반드시 그대로 부여되지 않더라도 그 정도의 주도성과 구체적인 의욕이 더 중요한 것이다.) 그 역할 수행을 위한 역량을 갖춘 전략적 자원인지가 승부처다.

둘째, 일단 조직에서 받아들인 새로운 인적 자원들에게는 과거 기업의 집체적 · 일방적 교육훈련과 탑다운(Top-down) 방식의 업무부여가 아니다. 철저한 개인역량 및 업무 선호도와 본인 주도의 미래 비전에 맞춘 직무분장과 경력설계를 지원하고 있다.

출근을 앞둔 새내기 사원은 해당 기업에 이 같은 잠재력과 역량의 단초를 보였을 것이고 어떤 측면에서건 조직의 핵심가치나 추구 방향에 함께 할 수 있는 인재로 보았을 것이다. 어떤 조직이든 변화나 새로운 도약의 키와 엔진을 작동시킬 수는 있으나 그 작동의 지속성과 완성도는 개인의 역량이나 전문성에서 판가름 난다.

삼성은 세밀한 직무 단위별로 세계 최고의 스페셜리스트를 키운다.

필요상 유관된 여러 보직을 돌리기도 하지만 결국 종합적인 사고 프레임을 장착시키면 분야별로 '마스터'라 불리는 전문가를 키워낸다. 그들은 이미 비즈니스 마스터다. 그들 역량의 총합으로 조직 경쟁력을 극대화하는 것이 삼성 방식이다.

다만 그들 개인의 가치와 미션, 주도적인 커리어 성장이 함께 하는지는 전혀 별개의 문제다. 이것이 빠져있다면 그냥 남들이 보는 1등만 있는 것이고, 자신은 조직 안에서의 숙련자이지 전문가는 되지 못한다.

누군가에 도움과 편익을 제공하고, 어딘가에서 특유의 노력과 힘을 들여서 세상에 기여하고 스스로가 존재감을 느끼고 매력을 발산해갈 수 있는 나만의 가치. 미션이 있어야 한다.

그리고 그 미션대로 언제 어디서 어떤 모습으로 무엇을 하고, 어떤 전문가가 되어 있을지(생생히 그려지는 나의 미래 모습) 비전을 정립해보라. 빅픽처다.

그 비전이 실현되도록 지금 당장, 또는 차근차근해나가야 할 일, 달성 목표들을 세워보라. 이어서 달성 가능하고, 달성 여부를 알 수 있도록 한시적인 목표들로 정렬해보라.

방향성이 없고 의미 없는 버킷리스트, 일관성 없이 보이기 좋은 희망 고문보다는 선명한 비전과 목표, 단계적인 실행 방법과 달성했을 때 자신을 축하하는 의식까지도 준비해보는 로드맵(비전체계)을 세워보라. 자신만의 특별함, 탤런트, 기질, 성향 등등에 기반해서 말이다.

성격이나 성향 같은 본질적인 부분은 거의 변함이 없으나 도전, 변화, 실패와 시행착오에도 재기 과정을 거치면서 자신에 대한 깊은 이해가 생기고 그런 시간들이 누적되면서 비즈니스 마스터로서의 기초체력이 향상된다. 자신의 비즈니스 근육과 내공이 깊어져 가면서 명실공히 전문가의 싹이 트여갈 것이다.

이 시대가 찾고 기다리는 전문가는 그렇게 해서 시작되고 발전된다.

복잡, 다양한 변수들이 넘쳐나고, 불공정과 불투명함도 곳곳에 도사리고 있다. 제아무리 블루오션이라도 기득권과 힘의 논리가 자리하게 마련이다. 그만큼 진짜가 되어야 한다. 제대로 된 실력과 존재감을 유지해야 한다.

조직에선 말단 신입이지만 다짐과 의지는 내가 찜한 분야의 전문가, 직장에서 내 직무에 관한 한 비즈니스 마스터를 지향해야 한다. 업무의 패턴이 파악되거든 과감한 제안이나 새로운 방안을 제시해보라. 그 과정에서 업무의 전 과정을 고민하고, 들이대 보고, 실행하다 보면 자신의 진짜 강점과 경쟁력이 선명해진다. 그것이 기획이든, 영업이든, 재무회계나 마케팅 PR이든 특정 분야일 수도 있고, 사람 관계, 자료나 데이터, 디자인 분야, 기계 조작이나 프로그래밍이든 직무능력일 수도 있다. 그래서 깊이 파려면 넓게 파야 한다.

신인 괴물이 돼라. 질투와 반목은 대세나 주류가 아니다. 조직 내 책임 지존은 당신을 눈여겨볼 수밖에 없다. 이미 경쟁사에서도 주목할 것이다.

천상천하 유일무이한 나만의 브랜딩은 그렇게 만들어지고, 어떻게든 나를 찾고, 러브콜해주는 팬덤(고객층)이 생기고 자신은 명확한 해결과 대안을 줄 수 있는 능력과 노하우, 심지어 승부 근성까지 단단해지는 선순환이 작동된다. 그것을 가능하게 해주는 근본이 자신만의 비전체계고 일관되고 구체적인 실행 프로세스다.

그런 비전체계를 토대로 해서 진짜 전문가의 기초가 다져진다.

이때는 '무슨 자리를 맡느냐'보다 '무슨 일로 기여하느냐'가 먼저 정립되어야 한다. 어떤 자리로 가야 승진에 도움이 되느냐가 아닌 전문성으로 우대받겠다는 새로운 프레임을 들고 나오는 신입사원이 되어야 한다.

그리고 3년 내에 직장 비즈니스 마스터로 자리매김하여야 한다. 그래야 30년이 보이고 100세 플랜이 가능해진다. 선택이 아닌 필수 이고, 필요조건을 넘어서는 충분조건이다.

입사 후 3년이 그래서 특별하다. 정말이지 나만의 경쟁력과 직결 되는, 바로미터가 되는 골든타임이다. 비즈니스업계에서 자신에 대 한 포지셔닝(포석)이고 론칭이 되는 것이다. 조직에 있기 때문에 분명 가능하다.

신입사원은 회사의 비전을 정확히 인식해야 한다. 부서(팀)의 비전 과 목표를 찾아야 한다. 회사의 비전과 핵심가치를 찬찬히 새겨보고 자신의 업무 데스크에 노출시켜보라.

그리고 나만의 커리어 비전과 발전 방향을 회사(부서)의 그것과 얼 라인(연계정렬)해보고 자신의 강점 기반 역량을 발휘할 수 있는 과업 을 찾아 먼저 자원하고 맡으라.

이를 위해 회사가 만든 고유의 제품이나 서비스를 통해 추구하는 가치나 비전이 무엇인지 살피고 확인해보아야 한다. 그냥 돈 많이 벌 고, 회사가 유명해지고 권력에 붙어먹으려는 회사와는 구별될 것이 다.

입사 후 3년간 자신의 커리어 가치가 포함된 비전체계를 회사(부 서)의 비전과 목표에 긴요하게 연계시켜볼 필요가 그래서 더 중요한 선행 작업인 것이다.

어쨌든 회사의 비전과 목표에 자신의 그것들이 뭔가 연결되는 순간 당신의 직무는 당신만의 의미 있는 비즈니스로 탈바꿈될 것이다.

03 ▼ 나만의 인생 Job :
　　▲ '내'가 있고 '일'이 있다.

　　　　　　대학만 들어가면 '고생 끝, 행복 시작'이라는 미몽이 채 가시기도 전에 대학 캠퍼스가 눈에 익을 때쯤이면 곧바로 취업 열공모드에 들어가게 된다.

　　또 다른 벽 앞에서 좌고우면하지만 그럴 시간도 사치였다. 단지 주변과의 암묵적 합의나 인정에 의한 일자리 목표와 입직 가능성에 자신의 첫 번째 커리어를 건다. 그런 프레임에서 가장 빛나는 시기를 통과하다 보니 자신은 없고 가족, 학교 등 나를 둘러싼 주변의 평판만 남을 뿐이다. 타인의 인식과 인정이 자신에 대한 앎(인식)으로 대체되어버린 것이다.

　　진학과 첫 입직이 타의에 의한 불가역적 선택이라면 이제부터라도 자신만의 정체성에 기반한 비전과 주도적인 빅픽처를 구상해볼 때다.

보고 듣는 것에 대한 판단과 적응도 중요하지만 자신이 보고 싶고, 알고 싶고, 즐기고 성취하고 싶은 것을 찾아내야 한다. 이를 위해서는 나 자신을 있는 그대로 보는 것에서 시작해야 한다. 그만큼 생각과 고민의 질도 달라져야 한다. 치열해야 한다. 그리고 최종 판단과 결정은 과감하고 행동 중심이어야 한다.

입사한 조직은 지금까지의 사회 구성체나 사람들과는 전혀 다르다. 학교, 동아리, 정모회원, 부모, 친구, 선후배와는 전혀 다른 집단이고, 개인들이다. 스스로 자기중심과 주도성을 유지 못 하면 이전과 전혀 다른 혼돈과 수세적 위치에 놓이게 된다.

조직은 비전과 목표를 만들거나 아니면 최소한 동행해갈 수 있는 리더와 팔로워를 찾는다. 주도하면 상생하고, 적응해가는 정도면 자신을 추슬러 가겠지만 그도 저도 안 되는 지경에 이르면 실로 인생 꼬일 수 있기 때문이다. 취업 준비를 위한 예비무대는 종료하고 인생 중후반의 바로미터가 되는 본무대이기 때문이다.

대학 재학생이나 취업 재수 시절의 적응지체와 판단오류와는 근본적으로 다른 문제다. 취업을 준비할 때는 입사를 위한 직장 바라기였다면 이제는 그 직장이라는 무대를 내가 주인공으로 서기 위한 악마 같은 근성과 디테일한 준비가 필요하다.

그래야만 자기중심의 커리어 로드맵과 나만의 가치 중심의 실행

파일들이 작동될 수 있다.

어려움 뚫고 일군 나만의 성취감 키워준 키워드는

인생 잡은 생애경력 설계에서도 핵심이다. 그러나 꼭 하나가 아닌 복수일 수도 있다.(그 잡들은 서로 연계, 파생된 잡일수도 있고 전혀 다른 분야의 잡일 수도 있다.)

아울러 취업 현장에서도 승부를 결정짓는 키워드가 됐을 것이다.

이제는 온전히 자신의 모드에서 냉정하게 살펴보자

초등학교부터 대학 시절까지 보면 자신이 좋아하는 과목, 또는 그 과목 선생님, 즐겨 했던 특별활동 및 교외 활동들, 관심이 가는 뉴스나 화제의 인물이나 스타, 감명 깊게 봤던 TV 프로그램, 유튜브 동영상, 인상적인 여행지나 풍경, 풍물들, 단체모임에서 유난히 눈에 띄는 이벤트나 프로그램들...찬찬히 돌아보면 자신이 가장 인상 깊게 느끼거나 강렬한 열정, 즐거움과 몰입을 느낀 사건들이나 순간들이 있었을 것이다.

살아오면서 스스로 결정해본 일, 100% 자기 의지로 추진해본 일, 끝까지 마무리 지어본 일(문제), 남들은 과소평가하고 지나쳐버려도 자신에게는 소중하게 기억된 일 등도 잘 되살려보자.

그리고 위의 기억들 중에 나만의 스토리로 정말 신나게 이야기해주고 알려주고 나누고 싶은 이야기 구조로 구성해보라. 자신의 학벌, 집안 자랑보다 혼자서 죽을 고생 했던 일, 정말 아찔한 실수로 가슴 쓸어냈던 일들 말이다. 아버지가 유력 정부기관장 하셨고 형이 대학 교수님이고 삼촌이 강남에서 피부과 원장이고 따위의 스펙 자랑질보다는 유럽에 배낭여행 가서 현금을 잃어버리고 갖은 고생을 했던 경험, 동아리 회장이었던 선배의 갑작스러운 사고로 자신이 대신 동기들과 처음 만난 지역민들과 함께 지역행사를 해내야했던 경험들 말이다.

그중에서 힘들고 버거웠지만 내심 재미와 흥미를 느꼈던 일, 남들보다 적응이 빠르고 손쉽게 처리한 일, 특히 남들은 의식 못 했지만 자신은 보람과 성취감이 컸던 일 등을 키워드나 1~2문장으로 정리해보라. 그리고 자신이 솔선했거나 미리 앞서 했던 일, 동료나 선배가 인정하고 먼저 맡겨주었던 일들을 통해 자신의 역할이나 발휘했던 능력들을 복기해보라. 발견된 키워드는 당신의 성취감을 불러일으키는 키워드고, 정리된 문장들은 당신의 일 유전자고 특유의 Job 달란트가 된다.

그 문장이나 키워드들을 NCS의 직무능력 단위별 검색이나 직업사전, 또는 취업전문가의 조력을 통해 직업 또는 직무분야와 연결해서 확인하고 검증해보는 것이 자신의 강점과 워너비잡을 발견하는데 매우 유용한 절차가 될 것이다.

내 안의 원픽 탤런트, 조직 안에서 발췌하라

직무 분야는 자신의 과업이고 직종으로 확대되어 자신의 잡으로 연결된다.

이때 직무 분야와 더불어 고려할 사항이 있다.

업무처리와 관련된 자신의 성향이다.

모든 업무 유형은 사람을 상대하는 일, 자료(정보)를 다루는 일, 사물(기기, 장치)을 다루는 일 등으로 구분된다.

사람 상대는 기본적으로 영업뿐만 아니라 기획, 디자인 분야 등에서도 필연적이기는 하다. 자료나 정보를 다루는 일은 일체의 자료조사, 취합, 분석, 통계 등과 직, 간접적으로 연결되는 직무 유형들이 이에 해당한다.

사물을 다루는 일은 대표적으로 제조업, 생산, 물류 분야와도 연관된다.

또한 자신의 업무 성향(리더형, 참모형, 멘토나 자문형 등)에 따른 업무 유형도 고려해보아야 한다. 멘토나 자문형의 성격이 더 맞는다면 자료나 정보를 다루는 일등에 더 적합할 수도 있다.

또한 자신이 혼자 몰입을 더 선호하는지 여러 사람들과 협업을 더 중시하는지에 대한 자신의 성향도 파악해보는 것이 좋다.

해외 기술영업에서 자신의 흥미와 강점을 발휘하고 싶다면 해당 기술 분야에 대한 지식과 기술 트렌드, 글로벌 이슈와 국내 전망, 관련된 국내·외 리포트도 섭렵해야겠지만 해당 기술이 소비자에겐 어떤 의미와 가치를 주는지도 파악해보아야 한다. 그리고 그것을 자신의 비전과 강점으로 매칭해보라. 해당 메이커사가 어떤 미션과 비전을 내세우고 있고 그것들이 어떻게 그 기술과 서비스에 적용되고 고객과 시장의 반응은 어떠했는지도 조사하고 확인해볼 수 있는 수준까지 왔다면 이미 비즈니스 마스터의 수준이다.

그 일련의 과정이 지겹거나 짜증 나지 않고 흥미로웠다면 당신은 이미 발견한 것이다.

당신의 인생 잡(Wannabe Job)을.

04 ▼ 좋아하는 일, 잘하는 일,
   ▲ 가치있는 일

인간의 욕구 심리에 관해 가장 저명한 미국의 인본
주의 심리학자 매슬로의 5단계 욕구 이론에 따르면 사람들은 생리적
인 욕구와 안전욕구가 확보되면 참여와 인정욕구가 반드시 생겨난다
고 한다. 그것은 개인마다 발현의 차이가 있겠지만 누구나 그러한 욕
구 기반 위에 자신의 자유의지에 의한 자발성과 인정받고 싶은 욕구
가 내재되어 있다.

쉽게 말하면 또래집단이나 소속단체나 조직, 나아가 국가와 인류
에게도 자신이 쓰임새가 있고 그것들이 남들로부터 인정과 찬사를
받는 것. 그런 사실과 남들로부터 인정을 받은 역할이나 과업이 곧
자신이 원했고 주도했던 일이라면 그 일은 분명 그 사람의 인생 샷처
럼 그 사람의 인생잡이라고 할 것이다.

그렇다면 무엇이 나만의 인생잡, 워너비잡(wannabe Job)일까?

흔히들 자신이 좋아하는 일을 하라고 한다. 가슴 뛰는 일을 하라고.

또 항상 같이 붙는 말이 있다. 그래도 자신이 잘하는 일을 하라고.

좋아하는 일과 잘하는 일을 어떻게 구분하고 또 이들이 병존할 수 있을까?

결국엔 구분 자체가 무의미할 수도 있지만 과정에서 이해를 돕고자 구분보다는 개념을 찾아보자.

좋아하는 일인지는 곧 자신에게 집중해서 엄정하게 묻고 따져보라.

어떤 일을 하는 과정, 결과, 영향에 대해 내 마음 안에서의 호불호, 기준, 또는 당시의 기분, 내 안의 울림, 감동 등등에서 말이다.

시간 가는 것을 잊고 몰입했던 일, 하고 싶은 그 일을 못 해서 기다리는 것(참는 짓)이 힘들었던 일, 그 일을 해내고 나서 남들의 인정과 무관하게 스스로 자랑스럽고 즐거웠던 일이 좋아하는 일이 아닐까. 자신만의 재능과 흥미 분야가 발원지가 될 것이다.

잘하는 일은 아무래도 남들이나 조직에서 인정받은 일이 아닐까.

이미 많이 해본 일, 결과로 증명해보았던 일, 남들을 가르칠 수 있는 정도의 능력으로 간주해본다. 그 분야에서의 경험, 노하우, 자격

중, 우수실적 등은 그것들을 뒷받침하는 근거라고 덧붙일 수 있겠다.

그렇다면 인생 잡은 간단하다.

좋아하는 일을 잘하든지, 잘하는 일을 연결, 확대하면서 좋아하는 일을 발견하든지 둘 중의 방식에서 찾아가면 된다.

전자의 방식은 좋아하는 일(자기중심)을 잘하면 된다.(남, 사회 중심)

좋아하는 일이 잘하는 일이 될 수 있도록 학습과 경험의 반복, 보완과 시행착오를 거듭하게 되면(전제 조건은 자신의 꾸준한 관심과 흥미가 유지되어야 한다.) 일정 수준에 도달한다. 그것은 자신이 먼저 체감할 것이다.

후자의 방식은 잘하는 일을 더 잘하면서 좋아하는 일을 발견해가는 것이다.

잘하는 업무의 폭과 깊이를 더해가면서 자신의 흥미나 성향이 부합된 분야와 접목되면 비즈니스 역량이 배가되는 더블업의 효과를 보게 된다.

나는 보다 현실적이고 분명한 동기부여 차원에서 후자의 방식을 더 우선한다.

그러나 위의 두 가지 방식보다 더 중요한 것은 어떤 일을 먼저 하든 자신과 조직, 공동체, 사회에 가치 있는 일이나 기여가 되도록 연결하는 것이 중요하다.

자기중심의 좋아하는 일이라도 그 결과나 영향은 내 중심이 아닌 남들이나 조직, 나아가 세상이나 사회에 어떤 도움과 역할을 하는지, 그 일과 역할이 갈수록 조직이나 사회에 어떤 기여와 좋은 영향을 끼치는지를 찾아야 한다.

다시 말해서 나의 인생잡을 정하고 그 잡을 통한 비즈니스 가치와 역할이 조직과 사회, 공동체에 기여와 영향을 미치고 그것이 경제적 가치로 인정되고 필요되는 비즈니스여야 한다.

1. 나에게 맞는 일(하고 싶은 일, 잘하는 일)을 정해보자

공부해서 합격해야 행복한 게 아니라 지금 공부하는 것이 행복한 그런 분야. 시험에 붙으려고 하는 공부가 아니라 내가 정말 원해서 하는 공부, 억지공부가 아닌 살아있는 학습을 하고 싶은 분야 말이다.

면접 현장에서도 기업은 완벽한 사람을 원하는 게 아니다. 뭔가 자신만의 목표를 세워두고 그 관심 분야를 알기 위해 학점과는 관계 없이 특정 분야에 몰입하거나 매료된 모습에 호감이 가기 마련이다.

하고 싶고 흥미로운 일이었는데 잘했다고 인정받은 일, 다른 사람은 관심을 보이지 않았지만 자신은 유독 관심을 놓지 않고 의식하지 않아도 몰입됐던 일은 내게 맞는 일이다.

청년 구직난 속에서 절치부심하며 부단히 사회 경험을 쌓아가는 청춘들이 부지기수다. 그들에게 주문하고 싶다. 자신에게 맞는, 하고 싶은 비즈니스(직무, 직종) 분야를 타겟팅하고 그 조직 안에서 정규, 비정규직이나 급여 수준, 세상의 평판 등 따위는 따지지 말고 조직의 비즈니스와 그 가치, 그것을 만들고 나누는 과정에 몸과 의식을 집중해보라.

30대 중반까지는 방법과 소통, 판단 등에서 시행착오를 거쳐서라도 자신의 비즈니스 분야와 비전, 목표를 구체적으로 정립해보라. 그리고 지속적인 보완과 업그레이드를 하고 40대에 들면 흔들림은 없어야 한다.

2. 인정과 존재감이다.

서두에서 밝혔듯이 사람은 인정받고 싶어 하는 욕구가 있기 때문이다.

내가 쓰임새가 있고 지구상에 잉여인간이 아닌 대체 불가한 존재임을 체감함으로써 그 일과 자신의 정체성이 연결되고 즐거움으로 표현되는 것이다. 그래서 오래 지속되는 것이다. 주변에서 봉사활동이나 사회적 기업을 성공시켜 꾸준히 해나가는 것들처럼 말이다.

어떤 결과물을 바라거나 성과를 의식하지 않고 재미 삼아 한 일이나 결과물이 남들로부터 의외의 인정이나 칭찬을 받았던 적, 나름 자신 있고 인정받은 일을 더 잘해보려고 몰입을 했는데 그 이상의 엄지척을 받았던 적, 그 어떤 경우든 '잘하는 일'과 '좋아하는 일'이 랑데

부한 지점, 그 지점의 일을 찾아보라. 그 교집합 된 일이 자신의 존재감과 조직과 사회의 기여도가 함께 하는 일이다.

이처럼 좋아하는 일을 흥미 갖고 오래하려면 하고 싶은 일(영향, 결과)의 대상, 즉 관심의 초점을 남(세상)으로 돌려야 한다. 누구를 무엇으로 어떻게 돕거나 기여하고 싶은가

3. 경제적 가치가 있어야 한다.

경제적 가치는 돈을 상징하는 부의 축적도 있겠으나 그 일이나 비즈니스의 결과물이 일반 대중이 비용을 치르고서라고 구매하거나 사용하고 싶은 동기가 생길 정도로 유용한 것인지를 가늠할 수 있기 때문이다.

프로선수들의 존재감은 자신들이 좋아하는 플레이를 통해 대중을 즐겁게 하고 우리는 그것들을 입장료를 내고 그들의 파이팅과 명승부에 열광하고 감동한다.

유명가수들도 그들의 노래 한 가락으로 우리들에게 위안과 감동을 주고, 우리는 그것들을 더 가깝고 생생하게 교감하고자 시간과 비용을 들여 공연장을 찾는 것처럼 말이다.

비슷한 스펙에서 같은 평가 기준으로 줄 세우는 조직은 옛날 방식이다.

차세대의 먹거리에서부터 인류에게 새로운 가치와 편익을 제공하기 위한 경쟁은 시공을 넘나들 것이다. 기업들은 지속 성장을 위해 다양한 조직 유전자와 새로운 성장 프레임 구축에 주력할 것이다. 경쟁우위에 있는 베스트보다는 특성화된 비즈니스와 직무에 부합된 최적화된 라이트한 인재를 선호하는 것도 그 때문이다. 그 분야의 대체 불가한 독창성과 강점을 보유한 자원이 곧 미래의 비전이기 때문이다.

05 ▼ 그 일을 통해
▲ 무엇을 얻고 싶은가

온라인 설문조사업체 엠브레인이 우리나라 20~50세 성인 남녀 직장인 1,000명에게 현재의 불만이나 불안 요인을 설문(2017. 6)조사한 결과 전체 연령대가 공통적으로 낮은 월급, 불투명한 미래, 업무 불만, 부족한 개인 시간 등으로 비슷한 답변 분포를 보였다.

다만 20대와 40대로 대별해서 보면 두 연령대 모두 낮은 월급이 가장 큰 불만요인이었고, 두 번째 요인에서는 20대는 업무 불만이, 40대는 불투명한 미래인 것으로 각기 다른 경향을 보였다.

특히 취업에 성공한 20대는 응답자의 35.6%만 일에 보람을 느낀다 했고, 40대(42%)와 50대(54.4%)는 훨씬 더 높게 나타났다.

이 부분은 조기 이직 현상으로 이어진다.

개성과 창의성, 자율적 주도성을 우선시하는 지금 청년층의 정서와 아직은 협업과 조화를 중시하는 집단 또는 조직문화를 우선시하는 기업의 문화가 부닥치는 측면도 있지만 자신만의 경력개발 주기가 다양해지고 전반적으로 길어지고 있다는 데서도 그 원인이 있다.

　　평균수명이 길어지고 비혼자 증가와 초혼 연령도 늦어지고 있다. 개인마다 진로 탐색 기간이 길어진다.(졸업을 늦추거나 취업 재수가 늘고-중간에 배낭여행, 연수, 각종 직무 인턴 등으로 대변되는 사회 경험 등). 비정규직과 짧은 근속 등 취업 후 소속기업에서 업무와 조직적응을 마치고 커리어 닻을 내리는 것이 어려워지고 가능하더라도 그 시기는 늦어질 수밖에 없다. 본인의 커리어 패스, 즉 경력개발 경로가 늦게 결정된다는 뜻이고 그만큼 커리어하이 시점도 더 늦어질 것이다.

　　내 일에 자부심을 느끼는 이유에서도 20대는 '여가생활 등 개인의 삶을 유지할 수 있다'로 답한 반면, 40대는 '내가 주도적으로 할 수 있는 일'이라는 것이 자부심을 느끼는 이유라고 했다.

　　여기에서도 20대와 40대는 자신의 삶을 중시하는 기본 가치는 같다고 볼 수 있으나 표현방식에서는 자신만의 시간과 생활을 중시하는 20대와 달리 40대는 자신의 주도성을 발휘할 수 있는 일이라 했다. 즉 자기 삶을 중시하는 20대와 40대가 '여가'와 '일'로 다른 양상을 보이는 것이다.

이는 다른 거 같지만 같은 것이다. 자신에게 부여된 시간과 의미를 소중히 한다는 건 40대의 일을 통한 주도성 회복 욕구와 맥락을 같이 한다.

'일=재미, 놀이' 라는 어느 심리학자의 말이 아니더라도 오늘날의 일은 자신의 비전과 성취동기에 따른 본인 주도의 일이자 비즈니스이며, 이는 급여를 받기 위한 노동력 제공이라는 단순 거래 관계를 벗어난 관점이다.

즉, 내가 이 업무(또는 프로젝트, 과업, 등)를 해야 하는 이유에 스스로 동의하고, 업무수행에 필요한 전문성을 키운 다음, 누구의 개입이나 지시 없이도 주도적으로 수행하고 그에 대한 정당한 평가와 대가를 받는 개념인 것이다. 그래야 본인의 여가와 자기만의 시간 확보와 워라벨도 가능할 것이다.

20대의 여가는 곧 자기 자신의 정체성이다. 자존심이고 마지막까지 지키고 싶은 자신의 보루이고 대체 불가한 안식이다.

40대도 그렇다. 다만 순서가 바뀌어 갈 뿐이다. 일 자체의 의미를 자신의 가치를 우선으로 한 자기주도성을 확보함으로써 개인 삶의 의미를 되찾아가는 것이다.

즉, 이들에게 '일' 은 20대의 '여가' 에 대한 인식과 비슷하다. 그러면서도 다른 점은 자신과 더불어 남(사회)에게도 스스로의 능력과 힘으로 기여하고 있다는 자기증명의 가치도 함께 녹아있는 것이다.

여기서 우리 분명히 짚어보자. 개인 삶을 중시하는 것은 연령대와 무관하게 누구나 같은 마음이다. 어찌 보면 나이가 더 있는 연령대에선 더 절실할 수도 있다.

개인 삶을 중시하는 20대를 지나 40대로 넘어가게 되면 일을 통한 자부심보다는 왜 일을 하는가, 일을 통해 무엇을 얻으려고 하는가, 그것을 얻기 위해 어떤 일을 해야 할까 같은 일종의 가치 중심의 접근이 필요하다.

대부분의 경력자들은 가치 중심보다 경력 중심의 사고를 한다. 지금까지 이러이러한 일을 해왔으니 이 경력을 살리려면 어떻게 하는게 좋을지를 먼저 따지는 것이다.

일견 당연해 보이는 합리적인 방식이다.(대입과정에서 수험생들이 전공보다 학교를 먼저 따지고, 신입 사원들이 직무보다 회사를 먼저 고려하는 것처럼 말이다.)

그러니 20대는 일과 여가가 병립된 가치가 아닌 우선순위 문제로 힘들어하는 것이고 40대는 자기 주도성으로 자신과 사회에 대한 가치를 찾아가는 방법이 기존 경력에서만 맴도는 제한적 사고 체계 때문에 어려워하는 것이다.

자신이 했던 일, 해야만 하는 일보다는 새롭게 도전해보고 싶은 일, 더 늦기 전에 꼭 하고 싶은 일, 더 자신 있거나 조직이나 사회에 기여해보고 싶은 일이 자신의 커리어와 목표에 어떤 의미가 있고, 어떤 영향을 미치는지, 자신의 비전, 삶의 가치에 어떻게 연결될 수 있는지에 대한 통찰은 이들에게 매우 중요한 단서가 될 수밖에 없다.

지난해 내가 총괄하는 사업부에서 경기도 어느 지자체의 위탁사업 공모에 신청해서 PT까지 한 적이 있었다. 당시에는 해당되는 사업을 해본 적도 없었고 그 지역에 사업수행을 위한 인프라도 없었다. 팀원들도 모두 수주 가능성에 회의적이었고 굳이 그렇게까지 들이댈(?) 필요까지는 없지 않냐는 반응들이었다. 기존 사업수행을 위한 조직이나 인력도 여유롭지 못했던 상황이었으니 그럴 만도 했다.

그래도 강행했다. 결과는 역시 안 됐다.

그러나 나는 분명히 느끼고, 공유했고 팀원들에게도 메시지를 던졌다.

신청서류를 통해 우리 회사를 알렸고 입찰 담당 책임자와 수인사를 했고 PT까지 참여했다. 우리 회사는 어떤 가치와 비전으로 유사 사업을 해왔고, 수도권에서 고객사의 만족도를 통해 검증된 우리 회사의 강점과 차별성을 확실하게 부각시켰다.

PT평가는 아주 높게 나왔다는 후문이 있었다.(물론 이때 선정이 어렵겠다는 직감은 있었다.) 심사결과 당장의 수주는 안 됐지만 내년을 기약할 수 있었다는 것. 그것 자체가 큰 성과였다는 것을 힘주어 강조했었다.

자신의 커리어 비전과 그 길은 스스로 가는 길이다.

남들이 나와 나의 잡에 대해 더 객관적으로 볼 수는 있을 것이다. 때로는 회의적으로 볼 수 도 있을 것이다.

그러나 나 중심의 어떤 의미와 가치실현을 위해 커리어 비전을 직시하고 부단한 자기개발에 나서는 나만의 엄연한 주관을 대체하지는 못한다.

06 ▼ 일자리보다 일거리를
▲ 정조준하라

───────

　　수도권 모 대학의 취업 캠프에 커리어 로드맵 강연을 나갔다가 휴게시간에 참여 학생들에게 물었다. 원하는 희망 직장의 조건이 무엇인지?

　"일단 되기나 했으면 좋겠다.",

　"너무 경직되지 않고 분위기 좋은 회사면 좋겠다."

　"지원한 분야가 내게 맞는 곳이었으면 좋겠다." 라는 얘기들이 오갔다.

　3번째 조건을 얘기한 학생은 같은 스터디를 했던 친구가 입사해서 맡은 일이 맞지 않아 견디다 못해 3개월 만에 그만두고 방황하는 그가 남 일 같지 않았단다.

　그리고 그는 동의를 구하듯 가장 현실적인 3가지도 중요하다라며 조심스레 말을 꺼낸다.

"우선 연봉이 친구들에 비해 낮지 않았으면 좋겠다. 부모님이나 친구들에 쪽팔리지 않을 정도, 두 번째는 칼퇴근이다. 야근은 정말 싫다. 남은 공부하는 거 같아 정말 싫고 추가 근무 수당 줘도 싫다." 그리고는 머뭇거리길래 세 번째는 뭐냐고 되물었다.

"세 번째는 스트레스 없는 직장인데.... 그런 데는 없겠죠?"

갑자기 한 대 얻어맞은 듯 멍해지는 기분이었다.

'젊어 고생은 사서도 한다.', '고진감래'라는 화석 시대적 이데올로기를 동서고금의 진리로 이고 살아온 기성세대들은 적정수준의 스트레스, 건강한 긴장은 오히려 긍정적인 자극과 집중력을 유지시켜 준다는 나름 세련된 마인드닝으로 단련되어 왔다.

그러나 스트레스나 갈등 상황은 누구나 피하고 싶고 만들고 싶지 않은 것이 인지상정이지만 어떤 관계나 집단, 공동체든 스트레스가 없을 수는 없다. 좀 더 근원적이고 본질적 발상으로 긴장이나 갈등 관계를 완화하고, 사람 중심으로 풀어가려는 노력이 필요하다. 특히 자신들이 스트레스 요인이 되지 않도록 경계해야 할 일이다.

3번째 조건을 말하던 그 친구는 어쩌면 자신의 적성에 전혀 맞지 않은 업무 자체가 진짜 큰 스트레스가 될 것 같아 희망하는 직장의 조건에서 스트레스 없는 직장을 얘기했을 지도 모르겠다.

"그런 직장 있으면 차라리 내가 가겠다." 당시 내가 보일 수 있는 가장 솔직한 반응이었다.

취업특강이나 대학의 비교과 프로그램에 참여하는 학생들(예비 구직자)에게 질문해본다. "취직과 취업을 구분해보라"

"취직보다 취업이 더 포괄적이다", "취업은 우리가 말하는 취업이고 취직은 직장이 확정됐다는 의미다." 그리고는 정적이 흐른다.

딱히 구분 지어 생각해보지 않았다는 느낌, 새삼 왜(?), 그게 뭐가 중요할까(?)하는 분위기들이 금방 내려앉는다.

졸업할 때가 되면 모두가 한 방향으로 헤쳐모여 공시든 공채든 취업 성공에 올인하기 전에 '직업'과 '노동시장' 관점으로 먼저 보아야 한다. 나의 직업, 직업인으로서 노동시장에서의 경쟁력 관점으로 나를 포지셔닝해야 한다. 그래야 취업 가능성이 향상되고 취업 후 새로운 변화에도 적응이 용이해진다.

다시 말해서 취업에 대한 개념이 잡히고 자기중심의 명확한 방향과 전략으로 주도적인 취업 가능성을 높여야 입직 후에도 제대로 된 나만의 커리어 비전과 목표로 이어진다.

그 근거들이 입사 초기 직무적응과 조직적응을 뒷받침하기 때문이다.

연구 문헌뿐만 아니라 조직 내 사업계획이나 프로젝트에서도 가장 중요시되는 개념은, 컨셉이다. '취업'과 '취직'이라는 개념은 특

히 그렇다. 뒤 음절이 다른 '직'과 '업'으로 구분해보자

'직(職)'은 직장이나 조직 내에서의 담당업무를 말한다.

조직에서 직무분석 시 직무 범위와 가치, 평가, 보상을 위한 기준이 되기도 한다.

흔히 말하는 과업, 직무를 말하기도 하지만 직군-직렬-직종-직무-과업 등으로 정리된다. 인사 관련 업무 중 평가.보상 업무를 예로 들면 직군(관리직)-직렬(인사.총무)-직종(인사)-직무(인사기획)-과업(평가.보상)으로 정리된다.

NCS 분류체계에 따르면 대분류(직군/직렬)-중분류(직종)-세분류(직무)-세세분류(능력단위, 과업)로 정리된다.

이는 조직 내의 시스템을 통해 부여되는 역할, 또는 각자의 기능이다.

내가 아닌 누군가 쉽게 대신할 수 있고, 언젠가 퇴직과 직결된다는 뜻이다.

'업(業)'은 흔히 말하는 업종이다.

개인으로 보면 비즈니스의 종류이고 사업 종목상 업태로도 볼 수 있고 창업자에겐 사업 아이템이다. 직장 내 특정부서의 제한적 기능인 '직'과 달리 해당 사업이 목표로 하는 업계에서 고객과 시장 중심의 서비스마인드와 네트워크를 우선시한다. 고유의 브랜드 가치와 전문성이 성공의 승부처로 작용한다.

중장기적인 비전과 자기주도성을 바탕으로 한 오너십을 갖게 된다. 이는 신규사업이나 조직 내 TF팀, 사내 스타트업(벤처)팀의 팀장이나 부서장들에게서 이런 '업' 중심의 성향들을 일부 보게 된다.

'직'은 조직형이고, '업'은 오너형이다.(물론 사람에 따라 조직형에서 오너형이, 오너형에서 조직형이 있을 수도 있다.)

일을 주관하는 관점에서 보면 조직형은 조직 내 과업이 우선이고, 오너형은 비즈니스와 고객 중심이다. 때문에 조직형은 자신보다 회사의 브랜드를 우선하며, 그 안에서 내부 협업과 지원이 먼저다. 소속감과 책임감도 중요시한다. 회사의 계획된 인력육성 방침에 따라 계층별, 직무별 교육도 받고 핵심인력이 될 수도 있지만 주변 인력으로 분류되기도 한다.

오너형은 자신의 비즈니스를 중심에 놓고 고객과 시장에 대한 그림을 먼저 그린다.

소속감보다는 오너십과 비즈니스 마인드로 무장돼있고, 개인 브랜드를 통한 비즈니스 네트워크를 중요시한다. 자기개발도 무조건 조직의 지원을 받기보단 비즈니스 메커니즘과 관련 커리어 확장을 위한 개인 주도 학습을 우선시한다.

결과물을 추구하는 가장 큰 차이점은 조직형은 자신의 노동력을 제공하고 임금으로 보상받지만 오너형은 전문서비스를 제공하고 서비스 수수료를 받는다고 생각한다. 사장도 고용주가 아닌 자신의 직무(비즈니스)에 투자하는 투자자로 보는 관점도 병행하는 사고의 차이가 엄연히 존재한다.

다시 말해 오너형은 자신이 평생동안 추구하고 달성하려는 주제, 그것이 내 존재와 밀착되어 있기 때문에 다른 누군가 대신할 수 없고, 연륜이 더함에 따라 소명의식도 깊어지는 자신만의 '업'을 설정한 이유가 된다.

〈표 2〉 조직형과 오너형

조직형(직/職)	오너형(업/業)
○ 조직 내 과업 : 자신의 역할 　- 조직기능 내 제한적 업무, 협업	○ 자신의 비즈니스 : 고객 중심 　- 고객과 시장에 대한 그림
○ 노동력 ↔ 보상(임금, 수당)	○ 전문서비스 ↔ 보상(수수료,대가)
○ 회사주도 직무역량, 계층별 교육 　※ **핵심인력, 주변인력, C-플레이어**	○ 개인주도 학습, 지속적 향상심 　※ **조직 내 자신의 영역, 직무마스터**
○ 회사브랜드, 사회적 신분, 내부협업	○ 개인브랜드, 비즈니스네트워크*
○ 소속감 & 책임감	○ 오너쉽 & 비즈니스 마인드

조직형은 샐러리맨 마인드이고 오너형은 비즈니스 마인드라고 볼 수 있다.

조직형은 일자리 시대요, 오너형은 일거리 시대에 맞는 유형이다.

고용노동시장도 조직형에서 오너형으로, 일자리에서 일거리로, 사업조직에서 프로젝트 팀 단위로, 구조적인 인프라보다는 상시적이고 유연한 시스템으로 옮겨가고 있다.

그 시스템도 일체형보다는 조합형으로 갈 것이다.

위에서 물을 부어주면 조직에서는 부지런히 펌프질을 해서 물을 길어내는 일체화된 펌프형(조직형)이 아닌 서른 다른 기능들이 조화를 이루는 자전거형(오너형) 시스템이다.

오너형 간의 협업방식은 핸들을 담당하는 조향장치와 동력을 만들어내는 페달과 체인, 운동에너지로 전환하는 타이어, 제동을 담당하는 브레이크까지 각자의 기능과 역할들이 조합되어 자전거라는 새로운 시스템을 만들어내는 이치와 같다.

자신이 추구하는 핵심가치와 전문성을 기반으로 스스로 일거리를 만들고 오너십과 비즈니스 마스터로서 자신의 영역과 브랜드 가치를 만들어 가는 미래형 루키들. 이미 미래 먹거리를 고민하는 모든 기업들이 이들을 찾아내기 위한 경쟁은 더욱 치열해질 것 같다.

〈표 3〉 일자리와 일거리 시대 비즈니스 비교

구 분	일자리 시대	일거리 시대
비즈니스 역량	알고 있는 것 기존조직에서 하는 것	할 수 있는 것 필요구성 조직에서 하는 것
비즈니스 단위	연간사업, 기존조직 단위과제 수행	1주일짜리 단기과제, 1개월짜리 출장, 1일자리 파트타임 등
비즈니스 경쟁력	부서단위 자리나 직급, 평판	네트워크, 브랜드파워, 수행성과

PART 05

자기중심으로
보고,
가치중심으로
판단하라

세상 어딘가에서, 어떤 분야에서인가 쓰임새가 있고, 어느 누구와,
어떤 일을 해서 공동체에 조금이라고 기여하고
세상을 더 나아지게 하는 것. 그것이 자신의 미션이고 사명이다.

01 ▼ 여긴 어디, 나는 누구

＃ 사후세계, 세상으로 돌아갈 수 있는 문(門)에서 하느님이 수수께끼를 냅니다.

답을 얘기하면 다시 세상으로 돌아갈 수 있답니다.

하느님이 묻습니다. "너는 누구냐"

"나는 의사요, 환자 치료가 뛰어나 매일 줄을 서고 있습니다."

"직업을 물은 게 아니다."

"나는 부자요, 빌딩과 고급 승용차가 수십 대입니다."

"뭘 가졌는지 묻지 않았다."

"나는 대통령의 아들입니다, 아버지가 제일 높은 사람이죠."

"누구 아들이냐고 묻지 않았다."

"나는 가수죠, 유튜브 20억 조회 기록에 글로벌 팬카페 회원 100

만 명이에요"

"뭘 잘하는지 묻지 않았다."

"나는 세 딸의 엄마예요, 애들이 가다려요"

"누구 엄마냐고 묻지 않았다."

하느님의 수수께끼는 계속되었지만 수수께끼를 푸는 사람은 아무도 없었어요. 드디어 주인공 차례가 되었어요. "너는 누구냐?", "나는 나입니다!", "왜 너는 너냐?", "이 세상에 나는 하나밖에 없기 때문입니다. 나는 병들어 아프고 머리도 다 빠지고, 학교에 못 가고, 병상에 누워 지냈지만 그래도 나는 나를 사랑합니다!", "너는 너의 소중함을 아는 사람이니 세상으로 돌아가서 값지게 살아라!"

몇 년 전 딸아이의 중고 책을 내다 팔다가 일러스트가 특이해서 잠깐 들춰본 내용이다.

너무나 갑작스러운 통찰을 하게 해준 동화 한편이었다.

자신의 자아, 정체성, 쉽게 풀어보면 자존감, 존재감, 자신감, 자기책임 등으로 연결되는 의미로 생각되지만 흔히 쓰는 말들이 아니다 보니 다소 생경하기도 했다. 대신 최선과 성실, 부지런함, 꾸준함, 착실함이 등이 우리와 친숙했고 동시에 듣기 싫은 말이기도 했지만 곧 이데올르기처럼 굳어진 바른 생활맨의 덕목이었다.

인생은 지속적인 선택의 연속이라고 한다. 그럼에도 자기주관적 해석과 판단보다는 정해진 답을 찍어야 했고, 성장 과정에서의 모든 판단은 부모와 학교, 그리고 그들이 믿고 만들어온 사회 통념과 상식에 따른 한줄 세우기식의 경쟁뿐이었다.

'나' 라는 사람에 대한 생각 자체가 어려워지는 것은 위의 과정들에서 자기 스스로의 판단, 또는 의사결정이나 의지로 무언가를 선택하고, 결정하고, 열정을 불태워본 기억이 잡히지 않기 때문이다. 극히 드물 것이다. 환희에 찬 성취감과 쓰린 실패를 감내해야 하는 패배감, 그런 업다운을 진정 몇 번이나 겪었을까를 돌이켜보면 더 아득해지고 묘연해진다. 실패와 시행착오가 있고 이겨내는 과정들이 붙어야 자신의 존재감과 성장의 가치를 느끼는 것이다. 그래야 내가 선명해지고 하고 싶은 미션도 생각해볼 수 있다.

답답하게도 현재의 교육시스템은 그런 생각의 보폭을 넓혀주질 못했고 진로에 대한 폭넓은 고민과 지원도 따르질 못한 것이 현실이다.

너는 누구이고 세상을 살아가는 이유는 또 무엇인가

큰 교회 부흥회라고 가볼 것인가, 승려가 되어 동안거에라도 들어가 보면 알겠는가, 어느 가왕의 노랫말처럼 21세기가 간절히 나를 원했다는 사람도 있는데 말이다.

세상에서 각자 또는 서로 간의 접촉단위가 광역화, 다양화, 실시간화되면서 상대방이나 상황에 맞추고자 다양하게 변화와 대응을 해야 하고 매 순간 크고 작은 의사결정을 해야 한다. 점심은 어디서 먹을지, 모임에 나갈지, 말지, 보고를 할지 말지, 하면 어떤 내용까지 할 것인지 등등...

그러다 "여긴 어디, 나는 누구"식의 유체이탈된 듯한 체념을 우스갯소리처럼 둘러대지만 중요한 상황이나 인생의 선택지가 되는 일이라면 어찌할 것인가.

그래서 '나는 누구인가'에 대한 정직한 직면이 필요하다. 대신 가볍게 접근해보자.

나만의 소확행을 통한 일이나 행위, 나와 정말 잘 맞는 케미를 보여주는 어떤 사람 또는 관계들, 나에게 온전한 힐링을 주는 아지트에서 몰입과 꽂힘을 통해 나의 캐릭터와 기질, 성향들이 나타난다. 거기서 자신의 시선 강탈, 행복 포인트를 찾아보자

요즘 경영 화두에서 조직구성원들의 자발적인 의사를 존중하고 독려하는 피드포워딩 멘토링이 부각되고 있다.

본인의 결심이나 의견이 수용되어 인정받는 자존감, 그 과정에서 꺾이지 않고 다 해보면서 겪게 되는 시행착오와 경험을 통한 자신에 대한 효능감, 주눅 들지 않고 스스럼없이 분출되는 주도성은 자신의

정체성과 가치관 형성에 큰 자양분이 된다.

이쯤 되면 남들보다 자기 자신을 의식한다. 내가 진정 무엇을 생각하고 어떤 일을 할 때 가슴이 요동치는 열정과 뿌리 깊은 고민에서 잡혀진 냉정을 유지했던가를..

내가 왜, 무엇을 위해 사는지를 알아야. 어떻게 살아갈지를 의식하게 되고 그때서야 선명한 자기만의 목표의식을 가질 수가 있음이다.

정상적인 생애 진로 모형에 따르면 10대 후반 20대 초반은 자신의 정체성(성향, 기질 등)에 대해 막연하게나마 생각이 모이는 시기이다. 나아가 하고 싶은 일에 대한 방향도 잡혀가는 시점이다. 기업조직과 비즈니스를 접하고 30대로 접어들면 그런 자신의 커리어 방향에 대한 자기 철학과 가치관이 명확해져야 한다. 그즈음에 취업, 결혼 등 중요한 터닝 포인트 지점과 맞물린다. 40대가 넘어서면 자신과 일에 대한 확실한 가치와 의미를 기반으로 경제적 가치도 가늠해야 한다.(비즈니스의 가능성 말이다)

이것들이 분명하게 정립되어 있지 않으면 끊임없는 불평과 불안, 고민에 빠질 수밖에 없다.

인생은 늘 선택의 기로다. 때문에 자기 인생의 목적(사명)이 분명해야 한다.

그래야 선택의 순간 자신만의 소중한 가치와 기준점을 중심으로 판단하고 중요하지 않은 것은 과감히 패싱할 수 있는 용기와 분별력이 유지되기 때문이다.

인간의 본성은 자유의지에 의한 성취감과 인정욕구라 한다. 즉 반대급부로 따라오는 보상보다 더 의미를 둔다는 얘기다. 자신의 일을 절대 대충하지 않고 최고수준에 도달하려는 강한 욕망과 끊임없는 향상심으로 철학자 플라톤이 주창했던 '아레테'와 같은 것이다.

가진 것만 즐기는 것이 인생인가? 그나마 가지고 있는 그것도 진정 자신의 것인가?

도전하고 차고 나가는 나 자신에게 더 애착이 가고 자랑스러울 것이다. 그것이 진정 '최애셀프'가 아니겠는가? 나만의 미션과 비전이 있고 그 모습과 지점에 도착해있는 내 모습과 그 모습대로 가기 위한 길이 보인다면 무엇이 두렵고 막연하겠는가.

고리타분하게 들어온 목표라기보단 내가 가야 할 길이고 있어야 할 곳이라는 생각으로 리셋해보라.(5-3, 5-4, 5-5장에서 구체적으로 다룰 것이다.)

대체 불가 강한 팀과 붙었을 때, 너무나 버겁고 두려운 마음이 들

때, 비전과 목표가 있는 팀과 없는 팀의 반응(승부욕)의 차이는 거기에 서부터다.

02 ▼ 나를 몰입하게 하는 것
▲

평소 허물없는 친근함과 경외스러울 정도의 존경감을 함께 갖게 하는 중견기업 대표님이 한 분 계신다. 아침 출근 시간이 빠른 편인 그 대표님보다 늘 앞서 회사업무의 하루일과를 시작하는 한 분이 계셨다.

회사건물 내 청소 일을 도맡아 하시는 여사님이셨는데 유일하게 회사에서 이 대표님을 계단에서, 로비에서, 화장실에서 맞아주시던 분이셨다.

그날도 유난히 밝은 표정으로 맞아주는 그 여사님께 대표님이 물었다.

"이렇게 매일을 하루 같이 일찍 나오시느라 고생이 많으실텐데... 건강은 괜찮으세요?"

"이젠 습관이 돼서 괜찮습니다."

대표님은 내쳐 물었다. "이른 시간인데,,,늘 밝고 여유 있어 보여서 좋습니다."

"사장님, 주제넘은 소리지만,,,아침 일찍이라도 제가 부지런을 떨어 하루는 일찍 시작하면 저는 시간을 버는 사람이잖아요, 덕분에 사장님과 인사도 나누고 우리 회사가 깨끗해진 거 보고 점심 전에 정확히 퇴근할 수도 있고요."

대표님은 멍해진 기분이었지만 큰 울림을 그때 받으셨다 한다.

60대 중반의 여사님의 '우리 회사' 라는 속 깊은 표현도 내심 흡족했으나 그보다는 매일 아침 시간을 번다는..그래서 여유가 있다는 말씀에 여운이 한참 컸다고 하셨다.

그렇다. 천직이다.

생업은 먹고 살기 위해 마지못해 하는 것이라면, 직업은 내 임무이고 당연한 역할이므로 무념무상의 책임감으로 해갈 뿐이고, 천직은 자신 스스로가 부여한 사명이고 가치이고 행복함일 것이다.

학교사옥을 짓는 공사 현장에서 벽돌을 실어 나르는 잡부도 하루 일당만을 생각하며 지는 해만 쳐다보는 이는 생업꾼이다. 작업반장에게 잘 보여서 꾸준히 일거리를 보장받기 위해 묵묵히 일하는 사람은 직업이다. 이 벽돌 한장 한장이 아이들 교육의 소중한 산실이 될

학교를 내가 지어 올린다는 긍지와 성취감을 스스로 부여하는 이. 그가 곧 천직에 있는 사람이다.

어느 맛집 탐방 TV프로그램에서 국민 간식이라고 불리는 소문난 김밥집을 소개하는 영상을 본 적이 있다. 흔한 분식 골목의 간판메뉴이지만 우리들의 상식을 뒤엎는 김밥집들이었다. 그중의 한 김밥집은 외관에서는 작은 규모였지만 주방으로 들어가니 의외로 넓었다. 마치 옛날 대갓집 주방 같았다. 기운 넘치는 청년들이 큰 가마솥에 식재료를 볶고, 한편에선 온갖 식재료를 다듬고 분류하고 있었다.

그 김밥집에서는 김에 들어가는 밥부터가 상식을 깬다. 밥의 향 자체가 남다르다. 밥에 녹즙을 넣어 씹을수록 구수한 향이 나는 밥을 만든다는 점이었다. 계절에 따라 파란색 채소를 갈아서 쓰고 있었는데 겨울에는 부추, 여름에는 시금치를 활용하고 있었다. 녹즙으로 밑간을 하고 있었던 것이다.

그 밥엔 참기름을 쓰지 않는다 한다. 다른 식자재도 무쇠솥에다 볶고 삶고 지지고 무치고 다한다.

맛집 달인은 말한다. "모든 걸 다 해서 하니까 힘들긴 해도 제맛을 내려면 이렇게 해나가야죠"

정말 먹고 사는 것이 요즘 세상에도 만만한 것은 아니지만 그래도 부모세대의 기근이나 끼니 걱정하던 보릿고개 시절은 아닐 건데 그들은 왜 그리 음식 만드는 것에 몰입하고 열의를 보이는 걸까?

'남자가 부엌에 드나들면 그것 떨어진다'는 남정네 부엌 출입 금기문화에서 자라온 기성세대로서는 참으로 난감하지만 이미 음식 잘하는 애인과 아버지의 모습은 더 이상의 로망이 아닌 주변의 매력남, 요섹남으로 꼽히고 있어서일까. 그런 이유만은 아닌 거 같다. 여러분도 그렇지 않은가, 호텔이나 고급레스토랑의 셰프도 아니다. 일반 대중식당이나 지방 변두리 가게의 조리원이고 주방장 아니던가. 새벽시장에서 물건을 떼서 식자재를 유통하는 젊은 청춘들. 그들이 그렇게 지속 열정을 갖고 뛰어든 원천은 어디에 있을까?

주말도 없고 휴일도 없다. 직장인이라면 또래들과 어울리는 달콤한 점심시간도 없도 칼퇴근 후 술잔을 기울이는 시간도 없다. 워라밸한다며 스스로에게 투자하고 힐링하는 시간도 없다.

새벽 일찍 몸을 움직이고 밤늦게까지 손님 시중을 들어야 한다.

그런데도 무엇이 그들을 그렇게 움직이게 만들었을까. 몸은 고단하고 버거울 텐데 늘 밝고 기운차게 행동하는 그들의 원천 동력은 무엇일까

문득 다른 맛집 달인이었는지 기억나는 인터뷰가 있었다.

"음식준비 말이여, 하루 이틀도 아니고 중말로(?) 힘들어, 우리 때는 배고파서 굶지 않기 위해 참고 했지만 (가게에 음식준비를 열심히 도우

는 젊은 직원을 보면서) 지금 젊은 사람이 저렇게 잘 견디고 해주니까 참 대견해."

답이 보이는 거 같다. 아니 겨우 그 마음 씀씀이들을 알 거 같다.

김밥집 청년들의 얼굴에서 새벽 건물 청소하시는 여사님의 행복한 모습이 오버랩된다. 그것은 '집중'과 '몰입'이었다. 그것을 가능하게 한 근원은 아래 3가지로 정리해본다.

첫째, '자기 가족에게 준다'라는 생각으로 음식을 준비하고 만든다는 것

둘째, 최종결과물인 음식에 대해 본능적인 자존감과 어마무시한 책임감을 갖는다는 것

셋째, 음식 재료를 준비하고 조리하는 과정이 더없이 행복하고 즐겁다는 것

내가 만드는 것에 대한 무한 책임과 자긍심. 그것은 내 생각과 결심대로 뭔가 이루어지고, 부족한 것을 다시 채우고 보완해서 더 나아지고 그 과정을 손님들이 알아주고 인정해주는 거 같단다. 고객에 대한 사랑과 배려, 이것이 그들을 대책 없어 보일 정도로 '몰입하게 하는 힘'이라고 본다.

그들이 만드는 음식을 손님들이 만족해하고 다시 찾아주는 것, 그들이 인정받고 사랑하는 고객들에게서 충분한 존재감을 느끼고 있다

는 것. 그것이 강력한 동기부여와 비전을 만들고 하루하루 열정적인 몰입에 빠져들게 하는 것이다.

직장에 있는 우리는 왜 일하는가, 어떻게 일하는가.

"먹고 살기 위해서" 라고 답해버리고 치운다면 나의 삶이, 우리 인생이 너무 공허하고 서글퍼질 것이다. 정말 생업수준들이고 싶은가.

03 ▼▲ 커리어로드맵[1] : Only you, 그대만의 커리어 미션 & 비전

　# 대학 1, 2학년들을 대상으로 한 진로 캠프에서 그룹별로 인생좌표와 그래프를 그려보고 자신의 성취스토리를 찾아보는 프로그램에서 대기업 취업을 목표로 한다는 참여 학생과 주고받았던 코칭대화입니다.

"대기업을 목표로 하는 진짜 이유가 뭐예요?"
"좋은 직업과 돈벌이죠."
"돈벌이가 잘 되면 무얼 하시려고요?"
"그것까지는 자세히 생각해보지 않았지만 일단은 더 좋은 집을 남들보다 빨리 구하고 차를 사면 더 여유로운 생활을 누릴 수 있을 것 같은데요."

"더 좋은 집이면, 보다 넓은 집인가요, 강남 같은 핫플레이스에 있는 아파트를 말하는 건가요?"

"꼭 그렇다기보다는 방 구하느라 힘들지 않고, 교통과 편의시설이 잘 된 곳에서 남들만큼은 살고 싶습니다."(대답이 애매모호합니다.)

K-pop스타 프로그램에서 심사위원이었던 박진영 씨는 오디션에 참여한 구성원 모두의 칼군무가 완벽했다는 찬사를 보냈다. 그럼에도 팀 단위의 오디션에서도 개인별 엄정한 평가를 할 수밖에 없다는 분명한 선발기준을 제시했다. 그리고 개인별로 받은 느낌으로 볼 수밖에 없다 했다. 그 느낌은 구성원의 파트별 노래와 단체 안무에서도 미세하지만 전문가의 예리한 눈과 촉으로 판별되는 감으로 선별한다는 것이다.

다음 라운드로 올라갈 참가자를 발표한 뒤 그는 안무 중 상의를 확 벗는 포스에서도 유독 다이나믹하고 자신감이 뿜어져 나온 사람, 뒷 라인에 있을 때도 텐션을 유지하는 포스, 포지션을 이동하면서도 어깨와 허리를 꺾는 순간 포즈 등을 언급했다. 분명 반복된 연습과 훈련으로만 나오는 칼동작은 아니란다.

걸그룹으로 생명력을 갖기 위해선 지독한 연습량을 넘어서는 그 무언가가 자신도 모르게 행동으로 발산되는 지점을 본 것이다. 장인, 소리꾼만이 가진 추임새고 너름이고 광대들이 가지는 특유의 '흥'이고 요즘 말로 그루브이고 스웩이라고 할까?

바로 그것들이다. 관심에서 시작되어 흥미를 갖게 되고 그 흥미가 지속되고 집중되어 일정 수준에 올라서고(흔히 말하는 덕후의 수준일까), 더욱 높은 수준에 올라서서 남들로부터 인정받고, 그 인정이 또 다른 도약으로 확장되고 그것들이 관객들에게 감동과 에너지를 주듯이, 자신의 비전과 역량이 비즈니스로도 연결되고 나아가 사회나 국가경제에 기여할 수 있게 되면 전혀 다른 가능성과 확장성이 펼쳐진다.

이런 연결들이 가능해질 수 있는 것은 그 모든 시작점이 자신만의 흥과 흥미, 몰입과 재미가 동반된 작업들이기 때문이다.(물론 이는 물리적이든, 정신적이든 생산적인 것으로 연결되어야 한다. 특유의 손놀림으로 도박에 심취하거나 글 쓰는 능력으로 공문서를 위조하는 행위 등은 가치관의 문제에서 지양되어야 한다.)

그 일들이 곧 자신이 '하고 싶은 일(워너비잡 : Wannbe Job)'이다. 잘했다고 인정받은 일 중에서도 스스로 즐거운 일, 남들이 '뭘 그런 정도 가지고'라는 식으로 인정이나 칭찬에 인색해도 자신의 판단기준으로는 정말 대견스럽고 뿌듯하게 해낸 일들을 먼저 잘 떠올려보라.

맛있다고 인정받은 그 말 한마디에 계속 냄비를 태우면서도 요리를 하고, 옷 잘 입는다는 말 한마디에도 패션 감각을 파고드는 인정 욕구가 있기 때문이다.

그러나 이 과정에서 태워지는 냄비에 속상하기보다는 요리가 만들어지는 성취감이 커지거나 패션 감각을 올리기 위해 탐독한 전문지들이 지루하지 않고 더욱 파고드는 자신을 발견한다면 그는 워너비잡에 가까워진 것이다.

K-pop스타 인터뷰에서 밝혀진 내용들이 또 흥미롭다.

박진영의 관전평과 합격자 발표 후, 무대 뒤에서 이어진 인터뷰에서 합격한 참가자는 "힘들었지만, 정말 재미있었고 너무나 흥분됐다. 너무너무 행복한 순간들이었다." 반면 불합격된 참가자는 "속상해요 죽어라 연습했는데, 그래도 여기까지 올라온 것도 만족합니다."

합격자는 매 순간이 힘들기보다 재미있다고 했다. 심지어 흥분되고 행복하다고 했다.(물론 합격 여부에 따른 상대적인 기분 탓도 있겠지만) 불합격자는 죽어라 연습했다는 얘기다. 좀 더 유추해보면 합격자는 자신의 '흥'과 '재미'에 일체감을 느끼고 노래와 무대를 온전히 즐긴 것이다. 이것은 감히 합격, 불합격으로 정리되는 가치를 훨씬 뛰어넘는 인생 비전이 번뜩이는 그 무엇이다. 자신의 춤과 노래로 누군가에 위안과 에너지를 준다면 그는 평생을 그리할 것이다. 그것이 필생의 업이고 미션이고 삶의 가치일 것이다.

미션은 살아가는 이유이고 가치이다.

세상 어딘가에서, 어떤 분야에서인가 쓰임새가 있고, 어느 누구와, 어떤 일을 해서 공동체에 조금이라고 기여하고 세상을 더 나아지게 하는 것. 그것이 자신의 미션이고 사명이다.

그리고 나서 회사에서 내가 하는 일을 한마디로 정의해보라.

회사에서도 경영이념과 핵심가치가 있고 분명한 목표가 있듯이 그것에 근거해서 지금 자신의 직무를 가치와 의미, 자신의 역할 등으로 풀어보라. 그리고 그 내용들을 앞서 얘기한 자신만의 미션으로 연계해보라. 지금 나는 아침에 눈 뜨면 깨는 '꿈'이 아닌 나를 일깨우고 중심을 잡아주는 그런 '꿈'을 얘기하는 것이다.

메이크업 아티스트나 코디는 스타를 더욱 빛나게 해줌으로써 자기 일의 보람과 가치를 느끼고, 프로선수나 유명 배우, 가수들은 더 많은 관객과 팬들이 열광할 때 투혼을 발휘한다. 나로 인해 남이 기뻐하고, 만족하고, 감사하고, 변화될 때 그것을 온몸으로 느끼면서 자신의 미션을 확인하고 강화하는 행복에 닿는 것이다.

TV 예능프로인 〈복면가왕〉, 〈불후의 명곡〉에 등장하는 톱가수도 같은 무대라도 노래를 더 잘할 수 있다는 사실이 이를 증명하고 있지 않은가.

비전은 그 미션대로, 미션에 따라, 추구하는 바에 따라 자신이 가고자 하는 지점, 또는 도달하고자 하는 그 모습을 그려가는 것이다. 언제까지, 어디에서, (필요하다면) 어떤 사람들과 어떤 역할을 하고 어디까지 달성하고 어떻게 기여하고 있는 지 내 모습을 손에 닿을 듯 구체적으로 그려보는 것이 나의 비전이다.

(그래서 구체적으로 어떤 분야에서, 언제까지, 어느 수준까지 등 구체적인 숫자나 등급, 일정 등이 포함되는 것이 더 선명해지는 비전이 된다.)

예를 들면 국내외 유수의 팝아티스트나 유명배우들이 자신에게 분장이나 코디를 맡기고 싶어 하는 세계 10대 코디네이터, 구독자 100만 명이 가입한 학습코칭 유튜버, 5대 판소리를 완창한 최연소 국악인, 국내 최고의 MMORPG 인기 모바일 게임 3대 프로듀서 등이 자신의 미션과 소명에 따른 목표가 달성된 자신의 모습들이다. 그 비전들은 달성과정에서 얼마든지 수정이 되고 바뀔 수도 있다. 그리고 달성된 이후에는 자신의 미션과 핵심가치에 따라 좀 더 확장되거나 밸류업된 비전을 설정해가는 것이다.

〈그림 1〉 나만의 커리어로드맵_미션, 비전

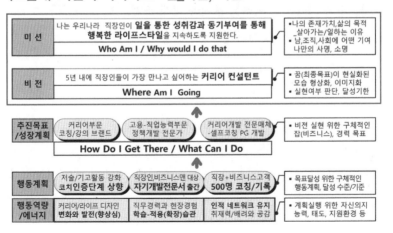

04 ▼ 커리어로드맵[2] : 지금, 실행가능
▲ 목표와 행동계획으로 완성하라

──────

　# 3년 전 거래처의 지인을 통해 업무적으로 알게 된 후배를 만났다.

　그는 이직을 신중하게 고민하고 있는데, 조직 내에서나 업계의 선후배들과 상의하기도 어려운 문제라 내게 조언을 받고 싶단다.

　"커리어(경력)분야가 뭐예요?"

　"회사원입니다."(회사원은 커리어가 아닌데..)

　"무슨 일 하시는데요?"

　"00북스에 다닙니다."(대충 출판 쪽인 건 알겠지만 다닌 회사를 묻는 게 아닌데..)

　나중에 알고 봤더니 경력 6년 차 PM급 출판 디자이너였다.

　커리어(경력) 분야는 자신의 업종, 즉 비즈니스 분야를 묻는 것이다. 그렇다면 출판 디자인 분야다. 그리고 하는 일은 출판기획 및 북디자인을 포함한 프로세스 관리를 담당한다고 했다. 요약하자면 그 후배는 출판기획자였던 것이다.

그 후배 출판기획자는 사내에서 기대되는 관리자로 인정받고 나름 학습만화 분야에서 출판대상 수상경력도 있었던 인재였음에도 자신의 경력 분야와 하는 일을 물었는데 회사원, 소속 회사 이름을 먼저 들이댄다.

학습만화 출판 분야의 마스터 기획자이고 북디자인 분야에서도 특화된 역량을 갖고 있는 6년 차 기획자라고 소개했으면 얼마나 좋았겠는가(그 후배의 커리어와 비즈니스를 분명히 알 수 있고, 자신의 업무에 대한 뚜렷한 역할이 보이기 때문이다.)

내친김에 그 후배의 세부경력과 향후 계획을 들어보고 나서 나는 이직하고자 하는 이유를 물었다. 경력 정체가 우려되는 권태기로 보였다. 본인의 커리어 로드맵을 구상해보자고 했다. 이직을 하든, 지금 직장에 남아있든, 지금 그 후배에게 중요한 것은 자신의 커리어 설계를 스스로 주관하지 못하고 표류하는 듯한 상실감 탓인 것 같았다. 대화를 나눌수록 그 후배에게 해묵은 목표와 간절함이 있음을 알게 되었다.

'학습은 재미있는 것이고 그것을 미디어로 공유하고 싶다'는 것이 그의 미션이고 '자기 주도 학습지 출판 분야의 최고 기획자와 전문

강사가 되는 것'이 그의 비전으로 설정됐다. 비전 달성을 위해 그가 성장목표로 내세운 것은 오디오북 출판과 1인 기획 출판시스템을 구축해보기로 한 것이다. 이에 따른 행동계획으로 국내외 학습 트렌드와 이슈, 관련된 시장조사 계획과 사업계획 초안을 포함한 회사 대표님 제안 브리핑 준비 등으로 이어졌다.

그날 이후 국내외 학습 트렌드와 인사이트 내용을 나에게도 보내왔다. 벚꽃이 지기 전에막걸리 한잔 나누자고 하던 날, 그 후배는 이직 고민을 접었다고 했다.

작고한 지 20년이 넘은 지금에도 김광석은 입대를 앞두고 있는 청춘과, 서른과 사회입직을 앞두고 있는 어지러운 2, 30십대, 삶의 회한에 든 중장년세대에 이르기까지 그의 노래는 아직까지 모든 세대에 조용한 울림과 먹먹한 감흥을 드리우고 있다. 그로 인해 우리는 새삼 지금의 시간과 가족과 친구들을 되뇌어본다.

모든 세대를 아우르는 가왕 조용필, 환갑을 넘긴 세대들까지도 순식간에 십대 단발머리시절 추억으로 소환해버리는 그는 60대 초로의 부부들에게 50년 넘도록 마지막 남은 순애보를 지켜주고 있는 것 아닌가.

프로야구에서 비록 하위권이지만 잠실구장의 홈팀 응원가는 원정팀 팬이었던 나도 가슴설레게 한다. 장내에 경기 시작 멘트와 함께 울려 퍼지는 상대팀 구호와 홈팬들의 환호가 웅장하게 울려 퍼지는 순간 선수들은 그라운드로 나서면서 새로운 사명의식이 솟을 것이다.

선수들의 몸짓과 행동에 반응하는 그들은 선수들의 허슬플레이와 역전타에 발을 구르고 환호하고 갈채를 보낸다. 지난한 세상사를 잊고 자신들만의 카타르시스를 맛보고 있는 것이다. 그것이 곧 선수들의 미션인 '팬을 있게 하고. 팬을 감동시키고, 팬을 위한 최선의 플레이를 펼치는 것'이다.

앞서 커리어로드맵[1] : Only you, Just Me! 미션 & 비전에서 미션과 비전을 설명한 데 이어 목표와 행동계획, 역량/에너지에 대해 알아보자.

〈그림 2〉 나만의 커리어로드맵_목표, 행동계획, 역량/에너지

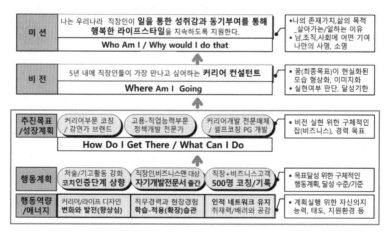

목표/성장계획은 비전을 실현하고 달성하기 위한 단계별 실행계획이고, 그것을 수행해가기 위한 방법과 자신의 능력을 확인하고 발전시켜가는 과정이다.

영향력 있는 유튜버가 돼서 "세상사에 지친 사람들이 내가 올린 동영상을 통해 소확행을 느끼도록 하고 싶다라는 것"이 미션이다 라면 "5년 이내에 라이프 엔터테인먼트 분야 중〈나만의 힐링〉영역의 새로운 1인자가 되어 있을 것이다."가 비전이라고 보면 된다.

그럼 이 장에서 설명하자 하는 목표/성장계획은 그 비전을 5년 내에 달성하기 위해 단기적인 중간목표나 과제를 설정하고 무엇을 준비하고 어떤 결과물을 만들어낼지를 정하는 것이다.

초보 유튜버들이나 1인 영상제작에 관심 있는 분들을 위한 매뉴얼 같은 책을 출판하는 것, 페이스북, 인스타그램 외 방송의 뒷얘기나 스토리를 마니아층 독자들과 공유하면서 깨알 같은 덕후들의 공간을 나눌 수 있는 블로그를 활성화하는 것, 나만의 힐링코드가 행복으로 이어지게 하는 법이라는 채널 생방용 꼭지를 만드는 것 등으로 단, 중기 목표들을 설정해보는 것이다.

목표가 세워졌다면 이제 구체적인 행동계획들이 따라야 한다.

행동계획은 지금 당장 실행할 수 있는 것도 있고 일정 조건이 충족되거나 누군가의 도움이 필요한 것들이 있을 수 있다.

단계적인 행동계획들도 있을 수 있다.

독자들의 눈길을 확 끌 수 있는 영상의 패턴과 편집과정을 이수하거나 최근 조회 수 O만뷰 이상의 동영상의 장르 또는 내용을 분석하거나, 인지도 있는 전문 유튜버를 롤모델링하고 직접 방문해서 성공한 유튜버가 되기 위한 인터뷰를 해오기 등 단기적인 수행방법이나 구체적인 행동계획들을 정하는 것이다.

이런 것들을 균형 있게 실행계획들로 차근차근 정리해보자.

주의할 점은 지금 당장 시작할 수 있는 것을 반드시 첫 번째 행동계획으로 세우는 것이다. 그리고 그것이 달성되면 다음 단계의 행동계획까지 생각해보자.

그것이 두 번째 행동계획이다.

세 번째는 누군가의 도움이나 협력이 필요한 행동계획을 설계해보자.

첫 번째와 두 번째가 온라인에서의 행동계획이었다면 세 번째는 오프라인상의 행동계획(오프라인 정모 참석, 전문잡지 구독, 전문가에 메일을 보내고 인터뷰 요청해보기, 관련 주제 세미나 참석 등)이면 좋다.

역량/에너지는 앞서 세웠던 목표나 행동계획을 실천해가는 과정에서 다른 사람과 달리 자신이 해낼 수 있고 그렇게 행동할 수 있는 능력이나 그 동기의 원천인 에너지를 적어보는 것이다,

오프라인 정모 참석이라면 모르는 사람과도 금방 친해질 수 있는 친화력이라든가, 목표와 관련된 분야에서 고수들을 많이 알고 있다든가, 대화나 설명회에서 핵심을 잘 파악하고 설득을 잘한다든지, 글이나 회의록, 보고서 등을 잘 쓴다든지 등등 자신만의 역량과 경험치, 주변의 인맥, 즉각 행동화할 수 있는 자신의 성향이나 강점, 지속 실행이 가능하게 할 힘이나 동기 요소들을 적어본다.

〈표 4〉 나만의 커리어로드맵_목표, 행동계획, 역량/에너지 수립하는 법

구 분	추진목표 / 성장계획	행동계획	역량 / 에너지
커리어로드맵	비전을 달성, 또는 도달하기 위한 목표	목표달성 위한 행동계획 실천방안, 방법	실행력 향상 위한 자신의 의지, 능력, 동기부여 요인
수립방법	주체와 목표(목적) 달성 수준 및 지점과 도달시점 명시	행동규범/약속, 우선순위 수행방법, 실행조건, 행동습관 등	자신의 강점(성향포함) 주변 인맥, 자격증, 특기사항, 기존 준비내용, 관심사항

05 ▼ 커리어로드맵[3] :
▲ Who-Where-How로 완성하라

"모든 개체가 다 자기만의 본질과 고유의 특성을 갖고 있어요. 거기서 저마다의 에너지가 나옵니다. 그걸 인정하고 놔두고 그대로 받아들이면 아무 문제가 없어요."

전남 장성 백암산의 작은 산사 천진암의 셰프 정관스님. 그 곁에 20~30대로 보이는 젊은이들. 현직 셰프이거나 셰프를 꿈꾸며 준비하는 이들이다.그는 음식에 들어가는 식자재 그 자체에 맞춰 요리한다고 한다. 부엌의 방식, 전해 내려온 조리법이나 요즘 유행하는 레시피에 의존하지 않는다고 했다.

소소한 음식 재료라도 고유의 맛과 향이 있다. 그 본연의 풍미를 날리거나 덮어버리는 소스와 양념들이 넘쳐나기 때문에 음식 고유의 맛은 사라지고 인위적인 가공의 향과 식감에만 몰입되어간다는 얘기였다. 음식뿐이겠는가. 우리들 모두 각자 저마다의 특징과 성향, 기질, 강점들이 있다.

그것들을 세상의 시선으로, 남들의 잣대에 맞추거나 덮으려고 하지는 않는가?

최근 취업포털 잡코리아에서 인사 담당자들을 대상으로 '애매한 이력서'를 주제로 설문 조사를 실시한 결과 10명 중 7명이 애매한 이력서를 받게 되면 서류에서 이미 탈락시키는 것으로 나타났다. 애매한 이력서가 되지 않도록 이들이 추천한 방법으로는 자신의 비전, 성향, 인성을 보여줄 수 있는 구체적인 에피소드를 적는 것을 첫손에 꼽았다.

이를 면접 전형 후의 상황으로 연결해보면 첫째, 면접 후 또렷이 남는 지원자, 정체성과 캐릭터, 특이점이 있는 지원자. 둘째, 무엇을 하고자 하고 어떤 것을 추구하는 지 확실한 표현을 했던 지원자. 셋째, 하고자 하는 일과 그 이유를 분명히 부각하고 자신의 노력과 성취를 드러내는 지원자. 그들을 간절히 원하는 것이다.

이제 그것들을 '자신의 정체성-커리어방향-커리어실행' 단계로 따져보고 파헤치고 자신의 로드맵으로 정리해보자.

첫 번째는 'Who'('5-3. 커리어 로드맵[1] Only you, Just Me_미션 & 비

전' 〈그림1〉의 미션에 해당한다.)이다.

어떤 일을 오래도록 지속하려면 꾸준한 관심과 흥미가 있어야 한
다.

그래야 시간이 지속되고 축적되면서 특기가 되고 강점이 된다. 덕
후 기질도 이에 해당된다. 자신만의 희망 사항이나 버킷리스트가 있
다면 나열해보고 굳이 왜 그것들이 희망 사항이고 버킷리스트들인
지 곰곰이 따져보시라. 어떤 순간에, 어떤 사건에서, 어느 장소에서
무슨 일이나 과제, 또는 역할을 하면서 정말 즐겁고 흥분되고 신명이
났던가.

남들이 알아주지 않아도 자신은 뿌듯하고 자랑하고 싶은 순간과
결과물들이 있을 것이다. 무엇이었나. 그리고 그 과정에서 자신의 능
력이 발휘된 스토리를 떠올려보라. 자신이 좋아하는 역할, 작업, 직
업, 프로젝트, 과제 등이 도출될 것이다.

이때 자신의 전용성 기술을 살펴보자.

전용성 기술은 자신이 가장 잘하고 능숙하게 하는 일이나 작업유
형이다.

글을 잘 쓰는 사람은 보고서나 사업계획서나 제안서도 잘 쓸 가능
성이 높다.

핸드폰을 잘 만지는 사람은 PC부품이나 소형 전자제품도 잘 고치
거나 교체하는 등 수리능력이 있는 것이다. 언변이 좋은 사람은 PT

능력과 협상력이 뛰어날 수 있고, 감성능력이 있는 상담이나 카운슬링에도 능할 것이다.

이런 능력(전용성 기술)이 발휘되거나 적용되는 잡을 잡거나 확인하는 것이다.

또한 1인 창업이 아닌 입사 형태라면 해당 조직 내에서 자신의 역할이 어떤 유형(멘토, 참모, 자문, 리더)에 가까운지, 선호하는 업무 유형(정보, 사람, 사물/기계분야)은 어떤 것인지, 자신의 업무 성향도 확실함을 우선하는 안정 추구형인지, 불확실한 도전 추구형인지도 분별해 보아야 한다.

Where('5-3. 커리어 로드맵[1] Only you, Just Me_미션 & 비전' 〈그림1〉의 비전에 해당한다.)는 자신의 잡(비즈니스 분야)을 선정하는 것이다. 현재의 직업이나 미래 유망직종일 수 있고, 직업이라고 하기엔 애매한 잡, 돈이 안 될 것 같은 잡, 아예 잡도 아닌 일시적인 역할에 그칠 수밖에 없는 잡들도 있을 것이다.

국내 외 직업 사전이나 직업보고서, 직종분류표(고용노동부, 한국고용정보원 발행) 등을 참조할 수도 있겠으나 이미 일자리가 아닌 일거리, 주어진 과업을 넘어 프로젝트 단위까지 연계해서 자신의 비즈니스 영역을 확장해보라

전통적인 직업과 기업조직 내 과업 프레임에서만 보지 말고 관심

과 흥미를 기반으로 하고 싶은 잡이라면 그 일의 영역과 역할이 다른 사람이나 사회(학교, 지역사회, 동호회, 모임, 직장 등)에 어떤 영향을 미치고 기능할 수 있는가로 생각을 확장해보아야 한다. 누구를 어떻게 돕거나 사회에 어떤 형태로든 좋은 영향을 끼치고 기여하고 싶은가로 연결시켜보라. 그 일이 의미나 가치가 있어야 하기 때문이다.

손재주가 뛰어나고 승부사 기질이 발군이어서 카지노에 진출하고 싶다고 평생을 겜블러를 잡으로 삼을 이는 없을 것이다. 의미와 가치가 실종됐다는 뜻이다.

아울러 고객이나 시장의 수요가 있거나 창출될 수 있는 비즈니스인지를 따져보아야 한다. 자본시장에서는 사람과 물자, 시스템을 통해서 만들어진 제품이나 서비스가 고객이나 시장의 필요성과 만족도를 충족시켜야 살아남을 수 있기 때문에 그들에게 어떤 방식과 형태로든 차별화된 가치와 지속적인 만족감을 주어야 한다. 고객가치가 그것이다. 곧 시장성을 말하는 것이기도 하다. 아무리 비전이 훌륭하고 사회적 가치가 있어도 시장에서 받아주지 않고 수익으로 연결되지 않는다면 잡으로 영위할 수가 없기 때문이다.

How('5-4. 커리어 로드맵[2] 목표와 행동계획으로 구체화하라' 〈그림2〉의 추진계획/성장계획에 해당된다.)는 본격적인 실행단계다.

자신만의 잡으로 선정되고 사회적 가치와 기여에 대한 검증, 시장성까지 확인되었다면 일관된 준비된 노력과 경험들이 뒤따라야 한다. 따라서 설정된 비전이나 방향에 따라 목표나 수행계획 수립이 우선이다. 단 방향성과 일관성, 구체성이 수반되어야 한다는 뜻이다.

목표를 가진 이와 그렇지 못한 이는 새삼 비교, 인용할 필요는 없겠다.

작게라도 목표를 세워보라. 언제까지, 어느 수준까지 등 측정 및 달성 여부를 알 수 있도록 결과검증 방법도 명시해놓는 것도 자기확신의 한 방법이다.

목표를 가진 이만이 자신을 먼저 배려하고 중심을 잡아가면서 크고 작은 변수에 휘둘리지 않는다. 반면 소소한 달성이나 이룬 것에 대한 성취감, 기존의 실행방법이나 습관들을 수정하고 조정해가는 자기 향상의 깨알 같은 재미를 알아가는 이들은 주변 동료와 조직에게는 긍정과 열정의 주파수를 띄우고 있는 것이다,

이 단계의 실행코드는 전문가의 길을 지향하는 것이다. 흔히들 숙련가와 전문가를 혼동하기도 하지만 숙련자는 같은 장소, 같은 일을 패턴화해서 능숙하게 해내는 단계이지만 전문가는 어떤 장소, 어떤 역할, 누구와 일을 해도 자신만의 강점과 역량 발휘를 통해 일정 수준 이상의 비즈니스 결과물을 도출해내는 사람을 말한다.

〈그림 3〉 나만의 커리어로드맵_구축 체계

커리어 로드맵 구성 단계	**Who/Why [미션]** 자신이해, 생애커리어설정	**Where [비전]** 커리어 비전, 디자인	**What/How [목표]** 목표(계획)-실행-점검

행동목표 (행동기준/주제)	**1. 나의 성취유전자** 관심-흥미-강점 하고싶은 일, Job 키워드	**2. 영역 선정 / 다변화** 관심분야, 성취경험 일거리,프로젝트단위	**3. 전문화** 현장경험+학습력 +전문가 네트워킹

행동지표 (수행방법)	**강점 & 재능발견** 효능감, 전용성 기술 발굴 및 적용/개발	**유용성 & 경쟁력** 고객가치 및 혜택 시장성, 사회적 기여	**경제적 가치 연결** 일관된 목표 지향 수행/점검, 지속향상심

06 ▼▲ 철저한 자기중심, 명확한 가치중심

　　　　　"○○그룹의 입사시험이 고시수준이라 웬만큼 준비해서는 어렵겠더라고,

　더구나 무슨 인적성검사도 꽤나 까다롭다던데"

　"그러게..아무래도 다른 기업이나 공무원시험 쪽으로 알아봐야 하나?"

　필자의 대학시절, 졸업반 선배들이 주고받던 얘기들, 1~2년 뒤면 우리들의 상황인지라 위축될 수밖에 없었던 상황.

　한 동기가 다소 상기된 듯. 그러나 또렷하게 하는 말이 생생하다.

　"지금이 어려운 거고 또 선배들의 얘기야, 내년에는 다른 변수가 있고 또 나는 다르게 준비할 거야..."

　그 친구는 서울시 재래시장 아르바이트 공모전 준비한다고 다른

과 학생들과 수시로 어울려 다니더니 지금은 유명 광고대행사의 총괄 PM으로 명성을 날리고 있다.

요즘은 초등학교 고학년만 해도 자신의 기호와 가치관이 명확해진다. 외모, 말투, 하고 싶은 일 등. 나아가 중·고등학교도 선택의 폭이 커지고 대학진학과 결혼 여부도 전략적 선택의 대상이 되고 있다. 그러나 현실은 부모의 아바타가 되어가는 듯한 무력감과 사회적으로 보이는 명성과 자존심 때문에 자신의 목소리와 진정성은 듣지 못하고 있다.

"직무와 관련된 경험 중에서 가장 특별하고 강렬했던 경험에 대해 말씀해달라."

"예상치 못한 사고나 변수 때문에 당초 계획대로 일이 진행되지 못했을 때 어떻게 대처 했고 자신이 그 경험을 통해 느낀 점을 말씀해주세요." 역량면접의 한 질문패턴들이다.

이는 상황에 적응하지 않고 상황을 만들어가는 사람을 보는 것이고, 자기 일은 스스로 찾아서 할 수 있는 능력까지 검증해보고자 하는 것이다.

내가 무엇을 가졌고, 어떤 것을 아느냐보다는 내가 무엇을 할 줄 아는가이다. 어떤 일이든 대처하고 해결해나가는 힘을 말한다. 그만큼 스스로 의사 결정할 수 있는 자기역량과 가치판단 중심의 전략적인 선택능력까지 포함된다.

전략적이라 함은 주변 자원을 포함한 자신 역량에 대한 철저한 분석, 결과중심, 미래지향적인 의미를 담보한다. 선택은 미선택한 것에 대한 가치와 기회비용을 상쇄하고도 남을 만큼의 비교우위의 확실한 가치를 본인의 선택지에 더 의미부여 하는 것이다. 이것이 곧 자신을 관리하는 관리능력이자 리더쉽의 단초가 된다.

GE, 필립스, 유니레버 등 외국계 기업의 인재 조건 키워드는 리더쉽과 관리능력이다. 이부분들이 부족하면 채용이나 승진순위에서 밀려나기 마련이고 뛰어난 전문성과 업무성과가 있어도 생명력은 떨어진다.

자신만의 생각이 있는 사람, 자기만의 중심과 가치관이 분명한 사람은 그저 다수가 어떻게 한다고 해서 무조건 따라가지 않는다.

'죽은 고기만이 물결을 따라 내려가고, 도둑고양이는 살이 찌지 않는다.'

자신이 좋아하는 것은 무엇인지, 자신이 하고 싶은 일을 하기 위해 어떤 것을 준비하고 무엇을 배워나가야 하는지 고민하고 자신만의 길을 만들어 간다.

그러면서도 우리는 주변의 환경에 지대한 영향을 받는다. 타고난 성향도 성장 과정에서 바뀌기도 한다. 물론 본성은 쉽게 변하지 않는다고 한다.

성장과정에서 만나는 사람(가족, 친구, 선생님, 선후배 등), 접하는 환경(학교, 군대, 동아리, 조직사회 등), 부딪치는 사건과 사고 등에서 우리는 많은 충돌과 적응을 거치면서 주변과 동화되어간다.

이를 전제로 자신들의 경력설계를 들여다보자.

시간의 경과와 함께 커리어 성장을 통해 사람들은 더 좋은 조건으로 이직을 희망하거나 조직 내에서 더 높은 직위로 올라가려는 속성이 있다. 누구나 내재된 향상심과 인정받고 싶은 욕구 때문일 게다.

다만, 경력관리와 변화관리의 어느 순간에 차원이 다른 모멘텀을 맞게 된다.

일반적인 경력관리와는 경우가 다르다. 전문성 확보로 스펙을 확장하거나 단순히 업무 역할이나 책임 범위를 확대하는 경우와도 차원이 다르다.

다시 말해 전환기다. 새로운 변화관리의 시점이다. 취업, 이직, 또는 전직, 퇴직과 재취업 등등의 시점에서다. 이때는 'Doing(구체적인 계획수립이나 행동변화 설계)' 보다는 'Being(목적, 의미, 가치에 대한 인식)' 이 선행되어야 할 가치 중심의 고민이 되어야 한다.

자신이 원하는 일을 찾는다는 건 단순히 적성검사 결과표나 상담

원과의 1~2회 경력관리 상담에서 쉽게 발견할 수 있는 것도 아니다. 더구나 적지 않은 경력을 쌓은 직장인이 현재상태의 문진과 진단을 통한 적성검사 결과표를 가지고 자신의 커리어를 선택하는 것은 어불성설이다.

그보다는 '왜 일을 하는가', '일을 통해 무엇을 얻으려고 하는가', '그것을 얻기 위해 어떤 일을 해야 할까' 와 같은 일종의 가치 중심의 접근이 필요하다.

연극영화를 전공하고 배우 생활까지 했던 정OO 씨는 자신이 모델로 활동했던 회사로 취직, 안내데스크 업무로 전향했다. 단순해 보인 업무였지만 고객 접점업무에서 그는 최선을 다해 응대했고, 주변 직원들과도 활발하게 교류하면서 고객사업부의 기획안, PT본 작성과 프리젠테이션까지 참여하여 실력을 인정받았다. 지금은 미국계 무역회사에서 중간 간부로 자리 잡고 있다.

대부분의 경력자들은 가치 중심보다 경력 중심의 사고를 한다. 지금까지 이러이러한 일을 해왔으니 이 경력을 살리려면 어떻게 하는 게 좋을지 따지는 것이다.

집안에 교편을 잡으신 아버지와 형님이 있어서 자연스럽게 사범대를 들어갔다거나 선생님이 줄곧 운동을 잘한다고 인정해주시고 고등학교 때까지 운동선수여서 체대를 지원해야 하고, 내가 20년 넘게 재무회계업무를 해왔기 때문에 지방의 중소기업이나 스타트업의 재경업무라도 알아본다는 것은 일견 당연해 보이는 합리적인 방식이다.

다만 내면의 자유와 몰입, 행복을 위한 나만의 미션과 비전이 여전히 그런 경력 중심의 비즈니스였는 지 자신만의 시그니처 질문을 던져보자

지금 하는 일이나 하고 싶은 일이 자신의 커리어와 목표에 어떤 영향을 미치는지, 자신의 비전과 나아가 삶의 미션(목적)과 어떻게 연결될 수 있는지를 리마인드해보라.

이런 맥락과 연계성을 갖고 자신의 세컨드 커리어(2nd career plan)를 구상하는 것은 매우 중요한 의미를 가진다.

그룹코칭에서 5년 뒤 본인이 어떤 모습으로 무엇을 하고 있겠는지를 물었다.

"입사하면 대리. 과장 정도 직책에 부하직원을 두고 일할 거 같습니다."

"가정도 어느 정도 안정되고 직장에서도 인정받는 관리자가 되어있을 거 같습니다."

(입사를 못하면 그 계획들은 무위로 끝나는 건가)

한 번 더 구체적으로 물어본다.

10년 뒤 당신의 아침은 어떻게 시작할 거 같습니까?

산뜻한 아침 햇살에 창문을 열어놓고 손수 내린 수제 커피를 들고

테라스에서 영자지를 읽고 있을 거 같습니다.

(수제커피와 영자신문은 지금 당장 밖에 나가서 구할 수 있는 것들이잖은가?)

진정한 자기중심도 아니고, 가치와 의미도 담겨있지 않다.

5년 뒤 당신의 모습은 어떤 모습입니까?

PART 06

일 잘하는
직장깡패
비즈니스 마스터,
다시봐도
'역량' 이다

일 잘하는 사람이 조직을 유지, 발전시키고
성과를 내기 때문이다. 조직의 발전과 꾸준한 성과에는
'문제해결력' 이 필수적이다.

01 ▼▲ 능력과 역량, 어떻게 다른가

사례.1

평소에 문자를 선호하는 친구들과 달리 통화하는 것을 더 좋아했고 다툴 일도 통화하면서 화해할 정도였는데 회사에서는 내 자리의 전화벨이 울리는 것 자체가 두렵다.

업무 때문에 전화해야 하는데 잘할 수 있을까 싶은 걱정만 앞선다.

사례.2

학교 다닐 때 리포트나 연구과제는 곧잘 했다. 교수님의 과제가 떨어지면 자료 확보와 참고문헌을 통해 가장 먼저 제출했다. 연구과제 발표도 온라인, SNS 채널 외 선배들의 도움까지 받아 늘 후배들에게 추천되는 결과물을 제출할 정도였는데 도대체 회사에서 기획안이나 보고서는 어떻게 쓰는지, 하다못해 회의내용을 정리하는 것도 막막하기만 하다.

위의 두 가지 사례의 원인은 무엇일까. 그 갭은 어디서 비롯된 것일까

개인과 조직의 차이고 공부머리와 일머리의 차이다.

사례. 1의 경우, 전화 통화로 소통을 잘하는 것은 능력일 수도 있다. 다만 조직 내에서 전화 대응력으로 이어지기 위해선 능력 이상의 것이 요구된다. 전화 에티켓이나 업무 관련 이슈나 문제를 파악하지 못한 부분도 있겠지만 자신의 호불호나 이해관계에 의한 통화가 아닌 부서나 자신의 과업을 연계한 통합적인 사고와 언어습관이 자리매김하지 못했기 때문이다.

사례. 2의 경우도 기본적인 자료조사나 취합, 문서작성력은 일정 능력이 있다고 보인다.

그것이 조직에서 통용되는 기획안이나 보고서로 발전되기 위해서는 별도의 작성 방법을 터득해야 한다. 보고와 전파, 의사결정을 위한 조직 내 소통 차원의 문서기획 및 구성능력이 뒤따라야 한다. 능력과 다른 역량인 것이다.

'국립국어원'의 '묻고 답하기'에 따르면 능력(能力)의 기본적인

의미는 '일을 감당해 낼 수 있는 힘'이며, '역량(力量)'은 '어떤 일을 해낼 수 있는 힘'을 의미한다고 적시했다.

'네이버사전'에서도 능력은 '일을 감당해낼 수 있는 힘'이고 역량 은 '힘의 크기'(힘의 분량)라고 구분하고 있다.

이 정의들을 의역해보는 개념으로 풀이해보면 '능력'은 살아가면 서 대응하고 반응하고 처리 또는 해결해가는 과정에서 필요한 개별 적인 힘이라면 '역량'은 그 능력들을 조합, 활용, 응용 발전시켜감으 로써 향상되는 종합적인 일처리 능력이라고 규정하고 싶다.

하나 더 덧붙여본다면 능력은 타고난 것이라면 역량은 지속 개발 되는 것이라고 볼 수 있다. 좀 더 쉽게 사례로 풀어보자

이성 친구를 사귀어가는 과정을 보자

일반적으로 말을 참 재미있게 잘한다(능력1), 옷을 잘 입는 패션 감 각이 뛰어나다(능력2), 오글거리지만 달달한 내용의 손편지를 자주 쓴 다(능력3), 전국의 맛집 탐구나 데이트 명소 파악 등 정보력이 뛰어나 다(능력4) 외에도 관계발전을 위한 다른 능력들도 더 필요할 것이다.

A라는 친구는 능력 1, 2는 자신 있지만 능력 3, 4는 약하다.

사귄 지 1년 기념 이벤트를 위해 재미난 컨셉으로 두 사람의 개성 을 반영한 커플 티를 준비하고(능력.2) 그날의 의미를 각별하게 해줄 멘트를 준비한다. (능력.1) 감동 문구를 준비해서 친구 누나에게 예쁜 손편지를 부탁하고(능력.3), SNS를 통해 춘천 명동의 맛집을 검색한

다(능력.4) 능력3과 4는 주변 자원이나 전문가를 발굴, 섭외하는 능력으로 대체한 것이다.

이런 능력들을 종합해서 역량으로 발휘됨으로써 관계가 지속적으로 달달하게 유지되는 것이다.

사귀는 이성과 서로 좋을 때 말을 잘하는 것과 상대방이 화가 났거나 오해상황이 깊어졌을 때 대화를 통해 풀어가는 것은 들이는 능력과 노력의 차원이 전혀 다른 것이다. 전자가 능력이라면 후자는 역량이다.

상대방이 원하는 것을 먼저 알아채고 챙겨주는 일은 정보력과 경제력이 있다고 해서 반드시 성공하는 것은 아니기 때문이다. 상대방 생일선물을 준비하는 상황을 가정해보자.

생일 며칠 전부터 상대방이 원하는 걸 자연스럽게 알아채는 능력, 그 선물을 마음에 들도록 포장하는 방법, 축하카드에 선물의 의미를 손글씨로 담아내는 능력, 그 선물을 극적인 순간에 전달하는 타이밍 등 다양한 현안에 집중해야 한다. 다시말해서 상대방에 대한 교감, 감정의 몰입, 지속적인 관심과 배려, 더불어 일관되고 진정성 있는 애정표시가 뒤따라야 한다. 이처럼 종합적으로 발휘되는 것을 '역량'이라고 하겠다.

이제 기업 조직으로 들어와 보면 역량은 비즈니스 가치를 구현해

갈 핵심역량, 조직역량으로 발전된다. 기업에서는 구성원들의 역량 개발을 위해 흔히 핵심인재, 또는 우수성과자의 일처리 방식의 패턴화된 프로세스나 방법 등을 통해 핵심역량을 검출하기도 한다. 지식, 기술, 태도 등 눈에 보이는(혹은 측정이나 관찰 가능한) 영역과 보이지 않는 자질과 동기요인까지 포함해서 개발영역을 구분 지어 필요역량을 모델링 한다.

핵심인재라도 모든 것을 두루 잘하는 사람은 극히 드물다. 대신 무엇보다도 자신의 강점과 능력은 분명히 파악하고 있다. 대체 불가한 고유의 능력은 타의 추종을 불허한다. 나머지 업무수행 과정에서 요구되는 능력은 본인의 강점을 통해 응용, 확대하거나 타인과의 네트워킹 또는 내부 업무지원시스템을 활용하기도 한다.

특히 사람들은 저마다 관심사와 흥미가 있기 마련이고 기질과 성향이 다르기 때문에 각자의 강점이나 능력도 천차만별이다. 사람과의 협업이나 소통을 통한 업무공조는 그래서 중요한 역량으로 꼽힌다.

때문에 기업의 HR파트에서는 학습능력을 중요시한다. 보고 들으면서 배우는 인지학습을 넘어 자신이 직접 겪고, 부딪치고, 보완해서 다시 해보면서 배우는 체감학습 같은 것이다. 체감학습 능력이 앞으로도 중요한 역량이 될 수 있는 것은 개인이 체감하고 터득한 학습 부분까지 인공지능 로봇이 대체하기는 어렵기 때문이다. 사람 고유의 성향과 기질을 토대로 자기만의 방식으로 앎과 경력을 확장하고 적용해가기 때문이다.

프로야구 선수들 중 모든 포지션을 능숙히 해내는 올라운드 플레이어나 연기와 노래, MC를 넘나드는 다재다능한 예능인도 있지만 이들은 자신만의 탁월한 능력과 학습역량을 기반으로 유사분야로 응용하고 확대하는 능력이 뛰어난 것이다. 응용과 연결, 폭과 넓이 등 외연의 확장이 역량으로 발현되는 것이다.

기업조직에서 놓치고 싶지 않은 핵심인재들도 그렇다.

조직에서 밀려날까봐 눈치를 보는 것이 아니라 그 인재가 이직할까봐 기업이 더 붙잡고 케어하는 핵심인재들이다. 그들이 미래 비즈니스 마스터들이다.

02 ▼ 직업기초능력과
▲ 기업인재 역량

공공기관과 금융권의 채용비리로 NCS(National Competency Standards) 기반 블라인드 채용과 외부면접관 제도가 앞다투어 도입되고 있다.

서류전형이나 면접단계에서 학력, 학교, 나이, 학점, 종교, 출신지역, 심지어 지원자 사진 등 개인 특정정보뿐만 아니라 지원자의 스펙이 되는 대부분의 조건들을 배제하도록 하고 있다.

대신 직무역량을 검증하기 위해 면접은 물론 필기시험에서도 이를 측정하기 위한 전형들이 시도되고 있다. 외부 전문면접관 도입도 그런 배경 때문이다.

채용비리 커넥션의 예방도 있으나 역량중심의 면접을 보다 객관화, 전문화하기 위한 자구책으로 보인다. 역량중심의 면접은 이미 기업마다 인사 평가, 승진, 보상, 핵심인재 육성 등 차세대 인적자원 개발을 위해 대기업은 물론, 일부 중견, 벤처기업 등에서도 각 기업의 규모와 활용목적에 따라 운영되고 있는 핵심적인 HRD 프로젝트다. 기존 구성원들은 근속내용과 실적에 따라 성과평가, 역량평가, 승진 평가 등의 근거가 있지만 신입사원 채용단계에서는 사실 스펙과 개인의 인성, 가치관 중심이었다. 역량기반 면접이나 행동기반 평가센터 기법 등이 시도되기는 했다. 공공부문과 금융권의 블라인드 면접의 전격 도입으로 이같은 직무역량 면접은 더욱 확대될 것이다.

지원자들이 아는 것보다 할 줄 아는 것, 들었던 것보다 직접 체험 했던 것, 단순 알바보다는 직무능력과 연계되는 기획 알바, 전방위적인 경험보다는 계획된 프로젝트 수행 경험 등이 필요해졌다.

실제 역량면접에서도 평가 비중을 두는 것은 관련 직무 종사 기간 이나 경험, 프로젝트 수행 경험, 관련 자격증 보유 여부, 특정 과목 이수 여부 등이다.

기업 HR분야에서도 기업의 막연한 경영이념이나 인재상보다는 실제 우수 인적자원 확보를 위해 필요 역량모델 구축을 통해 역량군, 역량별 정의와 하위요소나 행동지표 등까지 개념화하여 구조화된 직무역량 면접을 선보이고 있다.

정부주도로 개발, 보급하고 있는 NCS(National Competency

Standards)는 직업기초능력과 직무수행능력으로 구성되어 있다. 직무수행능력은 NCS분류체계에 따른 직무단위별 학습모듈을 통해 확인해볼 수 있고 직업기초능력은 어떤 직종이나 업무든 공통적으로 적용되는 10개 부문의 개발영역으로 분류되고 각 개발영역은 총 34개의 하위단위로 구성된다〈표 5〉.

직업기초능력에 대한 진단, 평가, 학습방법 등은 NCS 공식 홈페이지의 자료실에서 각 능력별로 세부적인 학습자료들까지 참조할 수 있다.

10개 개발영역은 입직자가 갖춰야 할 직업인으로서의 기본적인 업무능력들이다.

한국고용정보원에서 분류한 업무기초능력은 업무기초, 사람, 사물, 정보, 신체 능력 등으로 구분되는데 이를 〈표 5〉의 NCS 직업기초능력으로 연결해보면 업무기초(기술능력, 조직이해, 직업윤리), 사람(의사소통, 대인관계, 자기개발), 사물(자원관리, 조직이해), 정보(정보능력) 등으로 그룹핑하여 분류해볼 수 있다.

중요한 것은 'NCS 직업기초능력'이 직업인으로서 필요한 원천적 능력들을 취합, 표준화, 체계화해놓은 것이다. 회사원이든, 창업자든, 프리랜서든 필수적으로 요구되는 비즈니스 수행 기초능력이다. 때문에 10개 개발영역에 대한 정확한 이해와 자신의 능력과 강점을 기반으로 한 직업기초능력 탐색과 개발은 직업인으로서 자신을 세팅하는 중요절차다.

직업인이든 직장인이든 그 업계에서 롱런하기 위해서는 반드시 사업체나 팀(부서), 비즈니스 규모나 업력에 걸맞게 개발되고 업그레이드되어야 한다.

이를 신입사원을 포함한 기존 구성원들의 역량개발에 긴요한 가이드가 될 수 있도록 실제 기업현장에서 정의한 기업의 역량기반 인재상 〈표 6〉과 연계해서 지속 개발되어야 할 역량들을 크로스 체킹하는 방식으로 정리해보았다.

〈표 5〉 NCS 직업기초능력

개발영역	하위 단위
① 의사소통능력 [5]	문서이해능력, 문서작성능력, 경청능력, 언어구사력, 기초외국어능력
자원관리능력	시간자원 관리능력, 예산관리능력, 물적자원 관리능력, 인적자원 관리능력
② 문제해결능력 [2]	사고력, 문제처리능력
③ 정보능력 [1]	컴퓨터 활용능력, 정보처리능력
④ 조직이해능력 [3]	국제감각능력, 조직체제 이해능력, 경영이해능력, 업무이해능력
수리능력	기초연산능력, 기초통계능력, 도표분석능력, 도표작성능력
⑤ 자기개발능력 [3]	자아인식능력, 자기관리능력, 경력계발능력
⑥ 대인관계능력 [2]	팀워크능력, 리더십능력, 갈등관리능력, 협상능력, 고객서비스능력
기술능력	기술이해능력, 기술선택능력, 기술적용능력
직업윤리	근로윤리, 공동체윤리

<표 6> **기업의 역량기반 인재상** : 전경련, 2016년 주요기업 인사담당 방문조사

역량구분	평가내용	비율(%)
개인역량 (48%)	**[의사소통] 기획·문서작성**	7.2
	[의사소통] 프리젠테이션	7.0
	[정보능력] PC 활용	6.9
	경영학 기초	5.6
	[문제해결] 문제해결기법	5.5
	[조직이해] 전공 현장학습/프로젝트 수행	5.3
	[조직이해] 기업실무	5.2
	경제학 기초	2.7
	전공이론	2.0
태도 및 가치관 (21.7%)	**[자기개발] 올바른 가치관**	6.0
	[문제해결] 창의적 사고력	5.9
	[자기개발] 자기관리법	4.0
	[대인관계] 리더십	3.8
	[조직이해] 경영철학	1.9
조직역량 (17.2%)	**[자기개발] 비즈니스 예절**	6.9
	[대인관계] 대인관계	5.2
	[의사소통] 커뮤니케이션	5.1
글로벌역량 (11.4%)	**[의사소통] 영어**	7.2
	[의사소통] 제2외국어/한자	2.4

기업의 역량기반 인재상은 전경련 회원사인 주요기업 인사담당자들을 직접 방문, 대면조사한 내용으로 개인역량, 조직역량, 태도 및 가치관, 글로벌 역량 등으로 크게 나누어 각 역량별 필요능력을 하위 평가내용으로 정리한 것이다.

'NCS 직업기초능력' 10개의 영역 중 '기업의 역량기반 인재상' 과의 맵핑(〈표 5〉에서 개발영역에 표기된 [숫자]는 〈표 6〉의 평가내용으로 언급된 노출빈도 수의 총합 숫자임) 을 통해 직업인으로서 반드시 필요한 핵심영역을 도출해본 것이다.

여기까지 '기업의 역량기반 인재상' 의 평가내용들을 직업인으로서 공통적으로 요구되는 'NCS 직업기초능력' 으로 연계하여 살펴보았다.

'기업의 역량기반 인재상' 상위 평가내용들을 10가지 직업기초능력별로 연결해서 가장 많은 평가내용이 언급된 직업기초능력 순대로 정리해보면 '의사소통능력' → '조직이해' · '자기개발' → '문제해결능력' · '대인관계능력' 등의 순으로 나타났다.

이제 이를 토대로 국내든 글로벌이든 업 · 직종 불문하고 가장 보편타당한 인재의 핵심역량을 도출해보자. 의사소통능력과 대인관계능력은 '의사소통 · 협업능력' 으로, 조직이해와 자기개발은 비즈니스 조직이나 업무능력 개발 관련이므로 '기획력' 으로, 문제해결력은 '문제해결력' 그대로 분류해보면 결국, 핵심직무 역량은 '의사소통 · 협업능력', '기획력', '문제해결력' 으로 압축된다.

위의 3가지 핵심역량은 높은 성과 창출을 위해 어떤 과업이든, 어떤 상황에서건 안정적이고 지속적으로 발휘되고 영향을 끼치게 된다. 1인 기업이든, 조직 내 부서의 프로젝트이건 기획과 구조화 → 실행 → 분석 및 평가 → 개선 등 일련의 수행과정과 구성원간의 상호 작용, 고객과 상생할 수 있는 협상과 문제해결력 등 어떤 단계에서도 이들 역량은 발휘된다. 전략적인 의사결정과 판단, 행동력과 확실한 마무리로 성과를 만들어내는 것들도 위의 3가지 핵심역량에서 발원되어, 적용, 연계, 확대해가는 과정에서 배양되는 파생능력들이다.

따라서 능력은 가능성을 말하며, 해당 능력들이 있나 없나를 보는 반면, 역량은 당장 해낼 수 있는 경쟁력을 말하며 그것이 높은지, 낮은지를 보는 것이다. 비즈니스 마스터의 진짜 경쟁력은 그래서 '역량'이다.

03 ▼ 진짜프로는
▲ 자신에게 집중한다

―――――

　　"15만 고구려군이 당 태종에게 대패를 당할 때, 어디
서 뭘 했습니까?" "연개소문이 선왕을 죽이고 성주들을 소집했는데
왜 오지 않았습니까?"

　　연개소문이 반역자 양만춘을 살해하라는 밀정으로 보낸 '사물'이
적개심에 불타 쏟아낸 질문에 성주 양만춘이 차분하게 답한다.

　　"주필산 전투 때 돕지 않은 건, 허허벌판에서 대군과 맞서는 게 자
살행위나 마찬가지였다." "소집에 응하지 않은 건, 연개소문이 선왕
을 살해한 게 당에 전쟁의 명분을 주는 일이기 때문이었다."

　　20만 당나라 대군을 5천 군사로 맞서 싸운 88일간의 이야기를 담
은 영화 '안시성'의 한 대목이다.

　　연개소문이 자신에게 반역자라는 말에 양만춘은 '누구를 따르냐

는 것보다 더 중요한 것은 난 고구려 사람이고 성주이기 때문에 싸우는 것뿐'이라고 기다렸다는 듯 받아친다.

평단에선 이 영화가 현대 기업조직에 소통과 리더십에 대한 통찰을 주었다고 하지만 나는 위의 대사들을 통해 나타난 자신의 가치와 비전에 집중하는 '프로 성주 양만춘'의 모습이 더 인상적이었다. 실세와 트렌드를 따르기보다는 자신이 우선하는 고구려의 시대정신과 고구려 성주로서의 핵심적 가치와 미션을 더 우선시하는 그의 뚝심과 자존감에 더 집중하고 싶다.

나는 어느 업종, 직종이든 입사지원자(특히 신입의 경우)에게 아래의 질문 중 1~2개를 반드시 던지고 후속질문까지 던져본다. 그리고 입사전형을 앞둔 지원자들을 대상으로 면접코치를 할 때는 아래의 질문과 동종·유사 질문이 단 하나도 없었다면 그 면접에 대한 기대는 아예 버리라고 말한다. 설령 합격 통보가 오더라도 단호히 거절하라고 얘기한다. 그 회사는 사행성 영업이나 다단계 회사다. 정말 아니라면 그저 기운 좋은 새로운 소모품만을 찾는 회사일 가능성이 높기 때문이다.

아래의 질문들이 듣고싶은 부분은 간단히 말해 지원자의 진짜 '지원동기'와 '입사 후 포부'다. 좀 더 구체적이고 일관된 것인지, 간절함이 동반된 의지인지, 진정성 있는 열정인 지 면전에서 직접 듣고싶은 것이다. 중요한 것은 온전히 자신의 주체적인 관점에서 발현이 되어야 한다. 그래서 아래 질문들은 모두 저는… 으로 시작되어야 할 질문들이다. 자신에 집중하고 몰입해서 자신만의 가치와 비전, 목표, 동기부여, 의지 등을 보여야 함이 그래서 중요하다.

"○○씨가 그 부서(업무)에 지원한 이유가 뭐죠"

"우리 회사가 당신을 채용해야 할 이유가 뭘까요"

"그 일(업무)이 ○○씨에게 무슨 의미(가치)가 있죠"

"○○씨의 강점으로 회사(사회)에 어떤 기여를 할 수 있나요"

"○○씨의 10년 후(입사 후) 목표(어떤 모습)는 뭐죠"

애당초 그 업종과 직무에 본인의 비전과 가치관이 맞아떨어져야 그 정도의 퍼포먼스와 동기부여가 가능해진다. 그저 다니고 싶은 회사. 해바라기처럼 기업만 따라 돌면서 어떤 업무든 최선을 다해 기여하겠다는 결기는 그저 공허할 뿐이다.

자신에 대한 믿음은 자존감과 효능감에서 비롯된다.

일단 자신의 의사를 존중한다. 자신의 결심이 꺾이지 않고 다해보았을 때 체감하고 느끼는 것들이 가치관 형성에 큰 도움이 되고 더 단단해진다.

머리에 노랑물을 들인 아이에게 어느 부모는 이렇게 얘기해주었다고 한다.

"네가 하고 싶은 스타일이면 엄마는 다 이해한다. 그러나 주위 사람들은 조금은 너무 튀고 불량하게 보는 사람도 있으니 미리 마음의 준비는 하고 다니렴."

자신 행동에 대한 자존감도 살리면서 다른 사람의 선입관적 편견에 충격받지 않고 스스로 자신의 행동을 수정할 줄 아는 유연성을 체득하도록 배려하는 것이라고 본다. 쉽지 않은 말들이긴 하다. 그럼에도 분명한 건 자신의 자존감을 살리면서 아이디어가 스스럼없이 분출되고 그 과정에서 겪게 되는 시행착오와 한계 체감은 조금 더 성취 가능성을 높이는 모멘텀으로 여겨야 한다. 자신의 미숙함이나 주변의 평가절하에 연연해 말고 자기만의 성공 로직이자 내공으로 집약되어간다는 것에 방점을 두어야 한다.

1990년대 프로야구 해태 왕조를 이끌던 바람의 아들 이종범. '투수는 선동열, 타자는 이승엽, 야구는 이종범'으로 정리될 정도로 그의 야구는 보는 이들의 가슴에 흥분과 감동을 안겨주었다. 많은 시간이 흘렀지만 선명하게 기억에 남는 1994년 당시 프로 2년차인 그의 플레이와 인터뷰가 있다.

2루 주자였던 이종범. 후속타자의 2루수 쪽 내야땅볼이 나왔다. 3루까지는 안착하겠다 싶었는데 그가 3루 베이스로 향하는 주루가 생각보다 빠르다싶었다. 상대 팀 2루수가 내야 땅볼을 포구하는 순간 그는 이미 3루 베이스를 돌아 홈으로 질주해버린 것이다. 상대팀 1루수가 타자 주자를 아웃시킨 후 급히 홈 송구를 했지만 이종범은 헤드 퍼스트 슬라이딩으로 아슬아슬하게 세이프!

눈앞에 보고서도 믿기지 않았다. 그의 플레이는 늘 그랬다. 늘 남보다 한 베이스 더 가는 게 그가 팀에 기여할 수 있는 가장 큰 무기(강점)라고 그는 생각했다. 자신의 가치와 역할에 집중한 그는 내야 땅볼 순간 홈까지 내달리겠다는 생각을 했고, 살 수 있겠다는 직감이 차올랐다고 말했다.

이종범이 회상한 '해태'는 개인이면서도 단체인 팀이었다.

그는 "해태 선수들의 위압감은 극대화된 자신감의 발현이었다. 당시 우리는 누구에게도 지지 않을 자신감을 갖고 있었다. 그만큼 스스로를 혹독하게 내몰았고. 감독이나 코치의 잔소리를 듣는 경우가 없었다"고 술회했다.

개인 역량이 뛰어난 선수들이 모여 있으니. 주전경쟁은 더욱 치열했다. 스스로 알아서 하지 않으면 안되는 문화가 타이거즈 문화였던 것이다.

그는 어린 후배들에게도 한 해 반짝하고 사라지는 선수가 되지 않으려면 자신의 강점에 집중해야 한다고 강조한다. "훈련 때부터 끊임없이 고민하고 물어보고 자기 것을 완벽히 만든 다음. 경기에서 다시 점검하고. 또 훈련하고 느껴야 한다. 감독 코치가 주문하기 전에 스스로 자신에게 집중해서 완벽을 추구하는 게 진짜 프로"라고.

04 ▼▲ 조직과 상생하는 의사소통 · 협업능력

2000년대 아시아권으로 확장된 원조 한류드라마 사극 〈대장금〉.

극 중에서 중종 역을 맡았던 배우 임호의 "맛있구나"라는 한마디 대사는 지금까지도 사극 임금 역할 중에 유일하게 회자되는 유행어다.

당시 레전드급이라 할 수 있는 선배 연기자들 앞에서 그는 위축될 수밖에 없었는데 문제는 근엄한 왕의 대사를 쳐야했다. 더구나 극 초반에 연기력 논란이 일면서 촬영 현장에 가면 모두가 자신을 미워하는 느낌 때문에 두려워서 대본 연습 때마다 아침에 소주를 마시고 갔다고 한다. 대본 리딩 현장에서 선배들에게 연기력을 지적받은 임호는 그 당시엔 "다 큰 성인인데도 왠지 모를 서러움에 눈물을 펑펑 쏟았다"며 악물고 버티며 일부러 선배들과 더 소통하면서 자신의 역할에 몰입했단다.

대사가 입에 붙는다는 느낌이 들면서 역할에 적응되고 출연진들과도 합이 맞아가면서 위축된 새가슴에서 왕의 면모처럼 자신의 위상을 찾아가기 시작했다. 선배들을 찾아가 고맙다는 인사를 전했고, 촬영장에 나가는 게 즐거워졌으며 두 달이 지나고 나서는 모니터를 보던 감독님이 "이제는 좀 왕 같다"고 말했다고 한다.

그가 예능프로에서 당시를 회상하며 굳이 강조했던 것은 쓴소리 해 주는 선배, 제작진분들과도 소통이 중요했고, 그것을 가능하게 해 준 그분들이 자신에게 은인이라는 것이다.

개인의 성향과 공간들이 중요시되고 1인기업과 1인 비즈니스가 성장동력 산업으로 각광받으면서 타인과 공생과 협업을 전제로 한 사업조직에서는 심각한 파열음과 갈등들이 내재되기 마련이다.

자신과 자신의 일에 충실한 사람이 일과 삶의 조화를 생각할 수 있고, 개인의 역량이 강해야 조직력을 강화시킬 수 있고, 자신에게 애정과 자존감을 갖는 사람이 남들과 조화와 협업을 생각할 수 있다.

당신은 일을 잘하는 사람인가? 스스로 답이 어렵다면 집단이나 조직단위로 확장하여 당신은 팀워크가 뛰어난 사람인가를 물어보면 여러 사례와 경험들이 나올 수 있을 것이다.

개인의 능력과 협업능력을 동시에 진단하고 체크업 해볼 수 있는 가늠자가 의사소통 · 협업능력이다. 이는 크게 개인적인 측면과 집단적 측면 등 두 가지로 구분되지만 각 측면의 역량들이 상호 영향을 끼치고, 확대 적용되어가는 속성을 띄고 있다.

먼저 개인적인 측면에서 살펴보자

소통과 협업을 위한 관계구축 및 조정능력, 타인과의 상호작용을 위한 자신의 배려성향과 태도, 습성 등 인간적인 감성과 보편적인 정서의 교감능력 등 자신에 대한 객관적인 인지가 중요하다.

앞서 연기자 임호의 경우처럼 선배들이 자신에 대한 지적과 우려를 아프지만 엄연한 자신의 현실로 받아들여 결국은 자신의 성장통으로 딛고 일어섰고 지금은 믿고 보는 사극 아이콘으로 인정받고 있다.

내가 어떤 성향과 기질을 가지고 있고, 사람 관계나 교류의 습성은 무엇이고, 조직 내에서 내가 맡은 과업의 처리방법과 기준, 가치판단은 어떻게 했거나 할 수 있는지 자신에 대한 객관적인 인지가 중요하다. 팀원으로서의 협업은 예측과 공감, 배려와 조정능력, 효과보다는 효율을 먼저 생각하는 마인드가 우선되어야 하기 때문이다.

효과는 1+1=2라는 패턴화된 사고이지만 효율은 1+1=3 이상의 결과를 낼 수 있는 플러스사고의 패턴이다.

소통능력에서 언급되는 표현력과 경청능력도 같은 이치다. 워딩이나 문서를 통해 좀 더 빠르고 정확한 의사전달과 상호 수용성을 통해 협업의 효율을 끌어올리는 것이다.

어쨌든 타인이나 조직과의 관계도 결국은 자신에 대한 인식과 조절, 통제력에서 비롯된다. 자신에 대한 명확한 인식과 판단, 통제, 조정능력이 결과의 질을 올리면서도 나의 실수를 줄이고 타인이나 조직에도 리스크를 예방해갈 수 있다. 고객이나 시장에 대한 이해와 몰입할 수 있는 힘도 거기에서 배양된다.

사고나 위기를 겪더라도 그 상처를 최소화하고 이겨냄으로써 더욱 단단해지면서 자신의 반등 포인트로 거듭날 수 있는 것도 이 같은 능력들이 바탕이 되기 때문이다.

또한 정서적 교감에서도 마찬가지다. 지금까지 한번도 상처받지 않고, 아픈 경험도 없고, 타인이나 어떤 사건 사고 때문에 마음고생 해보지 않은 이들은 거의 없을 것이다. 다만 애써 자신의 체면과 자존심 때문에 스스로 인정하지 않고 애써 쿨하게 넘어가는 것이다.

그런 아픔과 갈등들을 직면하면서 품어주고 해소하고 풀어가려는 노력이 마음의 근육을 키우는 법이다. 남의 경사에 같이 기뻐할 수는 있으나 남의 슬픔에 진심으로 함께 울어주기는 힘들다. 그 슬픔과 어려움을 함께 직면해서 공감하고 보듬어주는 정서와 감정은 남과 통하고자 하는 마음이 더 크기 때문이다.

독일의 산업심리학자인 레빈은 '인간은 유전자와 환경이 상호작용하는 것이고, 인간의 모든 행동은 자신의 유전적 소질과 환경과의 상호작용의 산물'이라고 했다.

3단 고음을 질러대는 가수에 환호하지만 정작 마음안의 울림은 어쿠스틱 기타반주에 모노톤으로 읊조리는 가수에게 더 진하게 느낀다. 3단 고음이라는 스펙보다는 가슴을 잔잔히 파고들어 오는 따뜻한 공감 말이다. "당신, 내 맘 알지요"라고

두 번째 측면은 집단적인 측면이다.

프리랜서든, 소기업이든, 대기업이든, 비즈니스 과정에서 요구되는 내부 조직구성원이나 고객과의 소통과 상호작용 등 관계유지 능력이다.

면접 현장에서 본인이 발휘한 리더십을 사례를 들어 설명해보라 하면 십중팔구는 "동아리 회장, 학회장, 모임 회장 등을 지냈고 취업(창업)준비를 하면서 취업정보와 서로에게 동기부여를 위해 취업동아리를 만들어 주도적으로 활동했습니다."라는 패턴의 답변들이 대부분이다.

그런 모임이나 단체에서 본인이 구체적으로 어떤 상황에서 어떤 역할이나 리더십을 어떻게 발휘했는지를 알고 싶은 질문인데 자신의 단체나 모임의 수장임을 드러내는데 그친 것이다. 회장이 리더십을

대체하는 말이 아니듯, 질문자의 의중을 모르는 것이다. 리더십을 발휘한 경험들을 스펙보다는 스토리로 얘기하여달라는 상대방의 의도를 읽지 못한 것이다.

조직 내에서도 비슷한 유형의 미스 커뮤니케이션이 적지 않다. 업무(또는 프로젝트)수행의 목적, 나와야 할 결과물의 유형이나 수준, 마무리해야 하는 일정, 팀원 각자의 역할과 보고 책임 등 여러 과정이나 이슈에서 소통과 협업이 삐걱대기도 한다.

어떤 사업이든 고객(소비자)이 있다. 그들이 자신들이 사업을 하는 이유가 되고 그들의 만족이 없는 사업의 성공과 지속성은 없다. 이들 고객(소비자)을 위해서는 내부 구성원 간에 불통, 불협화음이 없어야 한다. 이를 관통하는 화두가 '서로 통했는가' 이다. 즉 설득해서 공감을 일으키고, 전파해서 확장해가는 것이 방문이나 구매로 이어지는 원천인 것이다.

서로 원활하게 통하려면 원팀이라는 공동체의식이 자리해야 한다. 밀레니얼 세대 신입들은 공과 사를 분명히 하듯 업무에서도 자신의 역할이 끝나면 쿨하게 마무리하는 습성은 좋다. 다만 미래형 비즈니스 마스터의 자세와는 다소 거리감이 있다. 4차 산업시대 첨단화, 고도화되는 산업현장 일수록 각자 자신의 업무만 챙기고 보고받고 지적하는 관계보다 더 중요한 것은 함께 일을 해나간다는 팀워크와 교감이 더 중요한 가치인 것이다.

팀의 리더나 관리자의 역할이 그래서 중요하다. 과업의 배경과 목적, 과업수행 결과물에 대한 목표치를 명확하게 제시하고 개인별 미션과 단계별 진행 체크리스트를 공유해야한다. 중간중간 구성원 간의 진행 상황과 이슈를 체크하는 소통회의와 협업미팅을 수시로 가져야할 것이다. 그 과정에서 리더나 구성원들이 상호이해와 경청, 구두나 문서보고의 수준, 상호 간의 설득과 공감능력 등이 향상되어 그팀은 합리적인 선택지를 찾고 결정해가는 집단 지성으로 표출된다.

〈표 7〉 개인과 집단적 측면의 소통역량

	소통역량 발휘 상황	소통에 필요한 능력이나 자세
집단	• 조직 내 소통 -부서 간, 직급(계층) 간, 직원 간 협업 -명확한 가치, 목표, 결과물 등 협업의 　가치와 팀워크 발휘	• 확장되는 표현력 -설득 & 공감 -전파 & 확장력 -감수성 & 집단지성
개인	• Now & Me Focusing -자신의 성향, 강점에 대한 이해 -현재 상황(업무환경, 주변자원)과 문제 분석 -고객과 시장에 대한 이해와 몰입	• 통하는 표현력 -말과 글을 통한 표현력, 전달력 -듣는 자, 수용조건 배려 • 경청, 몰입 : 상대방 의도,의미,욕구 파악

1970년대 미국 국무부에서 해외 공보관들 중 우수 실적과 평판을 받는 사람들의 공통점을 조사해본 결과 3가지로 압축되었다 한다.

첫째, 이문화(異文化) 속 대인관계의 감수성이 우수함.

둘째, 싫어하는 상대의 인간성을 존중하고 함께 일하는 것을 터부

시하지 않았음.

셋째, 인맥을 알아내고, 구축하는 과정이 빠름이었다.
각국의 이질적인 문화와 특이성, 이로 인한 호불호와 이해관계의
상충이 빈번한 해외 공보업무에서도 의사소통과 협업능력이 우수성
과자의 역량으로 꼽혔던 것이다.

05 ▼ 마케팅 3C로 본 비즈니스
▲ 마스터의 비기, 기획력

────────

　　　　　　못을 박아보신 적이 있으신가요

　못은 왜 박힙니까? 물론 망치로 때리니까 박히는 것이다.

　때린다고 무조건 잘 박히나요. 비뚤어지게 박히거나 굽어지기도 한다. 못을 반듯하게 세워서 머리 부분을 정확히 내리쳐야 제대로 들어간다.

　못이 박히는 건 망치로 때리는 방향과 박히는 방향이 일치하는 실행의 일관성 때문이다. 일단 자리잡은 못은 그 한 곳에만 집중해서 박는 집중성이기 때문이다.

　이런 집중과 몰입이 어느 정도의 시행착오와 경험을 뚫고 일정 수준의 경지에 이르게 되면 그제야 나만의 직관력과 노하우로 좀 더 어렵거나 복합적인 역할에도 눈을 돌릴 수 있게 된다. 누군가 시키지 않아도 요동치는 내면의 향상심 때문이다.

훌륭한 기획자는 이런 에너지나 동기부여가 강한 사람들이다.

못을 한 방향으로 경쾌하게 눌러 박다가 단단한 벽이면 콘크리트 못을 쓰고, 박히기 어려운 벽이면 나사못을 쓰는 차별성과 유연한 대응력도 그렇게 해서 생겨나는 것이다.

변수와 다양성이 넘쳐나는 현대 산업구조에서 마케팅의 3요소를 통해 경쟁 시장에 진입하거나 새로운 시장 창출을 위해서도 공통적으로 수행하게 되는 3C 분석이 있다.

이 3요소는 기획력을 키울 때에도 **빼놓을** 수 없는 요인들이다.

3C(Company, Competitor, Customer) 분석은 같은 고객을 대상으로 해서 경쟁하고 있는 자사와 경쟁사를 비교하고 분석하여 자사를 어떻게 차별화해서 경쟁에서 이길 것인가를 찾아내는 것이다.

기획자에게 Company는 현재 자신이나 조직의 현황, 소속부서나 자신의 과업, 변화요인, 개선이슈들이라고 보면, Competitor는 조직 내 또는 집단에서의 잠재적 반대나 변수들, 장애요인들, 대외 정책변수나 경쟁사의 위협요인들이고, Customer는 새로운 프로젝트를 수행하는 과정에서 사업의 대상이 되거나 변화의 혜택과 지원을 받게 될 직원들이나 고객들일 수 있을 것이고, 나아가 해당 프로젝트를 지시하거나 재가해준 경영층도 포함될 수 있다.

취준생이라면 Company가 자사가 아닌 지원자 자신이고, Competitor는 경쟁사보다는 같이 지원한 경쟁자이고, Customer는 고객이 아닌 지원기업, 즉 나를 반드시 채용할 수 있도록 어필해야 할 지원기업인 셈이다.

위의 세 가지를 분석하고 연구하고 준비할 때 못을 때리는 방향과 박히는 방향이 일관되어야 하듯, 기획 의도와 방향, 실행력이 한결같아야 한다는 이치다. 못을 똑바로 박는 기량과 집중력도 일관된 노력과 더불어 주변 전문가나 경험자들과의 네트워크를 통한 맥락적인 탐구와 고민, 지속학습의 산물이다.

첫째 기업/주체부서(Company)

우선 올해, 또는 향후 2~3년 회사의 사업비전과 단기목표, 변화의지(신규사업 진출, 기업 주력사업 변화, 인사.평가제도 변화 등)와 이에 따른 부서의 핵심과업, 수행과제 등을 확실하게 파악해둘 필요가 있다.

그 시점에서 자신이 속한 부서(팀)나 자신의 과업이 회사나 조직의 방향성에 어떻게 작용하고 기여할 수 있는지(지원부서라면 회사가 지향하는 가치나 방향에 기여하는 내부제도, 시스템, 구성원 동기부여, 효율적인 지원체계 등이 될 것이고, 영업부서라면 제품이나 서비스 상품라인 변경, 팀 단위 신규고객사 확보 프로모션 등을 예로 들 수 있다.)를 탐색해볼 수 있다. 이미

각 사업부문이나 팀별로 과업이 내려왔을 수도 있다. 그렇다면 확실한 개선목표와 구체적인 수행방안을 중심으로 자신만의 새로운 기획안을 제안해볼 수 있다.

이를 위해 자신의 관심사를 전제로 향상심을 발휘한 강점, 노력과 경험으로 체득한 지식이나 기술을 토대로 자가 질문해보라. 고객이나 시장 중심의 사고가 당연하지만 그들에게 제공하고 기여할 수 있는 컴퍼니의 핵심가치와 강점이 분명해야 그것들이 가능하기 때문이다. 지피지기(知彼知己)가 아닌 지기지피(知己知彼)다. 따라서 지금의 업무방식에서 놓치고 있는 것은 무엇인지, 지금 방식이 가장 효율적인지, 지금의 트랜드와 이슈는 무엇이고 향후에는 어떻게 변할 것인지, 고객들은 무엇을 중요시하는지 등을 냉정히 진단해보라. 거기에서 기획이나 제안을 발상하여야 한다. 물론 이때 제안내용이 완벽해야 하고 남들보다 뛰어나야 한다는 강박은 금물이다.

자발적인 흥미와 성취동기를 갖고 목표를 정해서 일관되고 구체적인 조사와 협의, 학습을 거듭해서 이르게 된 기획 포인트가 조직의 변화관리로 연결되는 내용이면 당장의 실현 가능성을 떠나 의외로 좋은 피드백을 받을 수 있을 것이다.

둘째 경쟁자(Competitor)

어느 조직이든 불감증과 반대세력은 있기 마련이다.

특히 변화의 시점에서는 이들과의 대립각은 커지기 마련이다.

기획의 가치와 비전이 분명하고 실행목적과 프로세스, 전파효과가 짱짱하다면 끈질기고 당당하게 설득하고 공감을 얻어내야 한다. 경쟁사의 경우도 성공케이스는 어떤 배경과 목적에서 시도했고 위닝 포인트는 무엇이었는지, 고객반응의 진실이 무엇인지도 분석해보아야 한다. 이는 결과와 상관없이 그 과정 자체가 기획자나 PM으로서의 역량을 키워가는 과정임을 체감할 것이다.

아무리 출중한 능력자라 하더라도 다른 사람의 도움이나 협업이 없이는 절대 성장할 수가 없다. 성과와 이익중심의 조직이지만 수행과정에서 실패해도 믿어주고, 좌절해도 끌어주는 것도 조직이다. 다시 시작할 수 있다. 일도 끝까지 가보라. 새로운 일을 시작할 때 다른 사람의 의견과 조언은 충분히 구하라. 낮은 자세로 최대한 경청하고 실제 응용하고 접목해보라. 그리고 최종 결단과 의사결정은 자신이 주도하고 끝까지 일관되게 밀어붙여라. 중간에 변수나 위험요인은 본질을 훼손할 정도가 아니면 초심과 당초 방향대로 마무리까지 해보라. 그래야 진짜 당신의 비즈니스 역량으로 굳어진다.

문제에 봉착해도 정면승부보다 비껴가기 위한 대처로는 핵심정보가 습득되어도 지식으로 쌓이지 않고, 경험은 늘어도 노하우로 체화되지 않고, 디테일의 내공은 축적되지 않는다.

옛말에 "확실한 것일수록 불확실할 때 나타난다"는 속설이 있는

데, 이는 결국 사람이 의지를 만들고, 사람이 사람을 판단하기 때문이다.

'지원자 가운데 비교적 우수한 편이다' 라는 비교 우위보다 뭔가 그 지원자만의 특유한 에너지와 진정성을 느끼게 되면 설혹 채용인원이 넘칠지언정 그 지원자를 러브콜할 수밖에 없는 것은 대체 불가한 탤런트에 감동하기 때문이다.

셋째 고객/시장(Customer)

고객이 없는 회사나 비즈니스맨은 없다. 사업이나 영업을 하는 이유이자 가장 큰 근거이고 목표인 셈이다. 자신이 하는 모든 업무는 직접이든 간접이든 고객, 즉 소비자와 연결되어 있다. 고객만족이 없는 성공은 없고 고객방문이 없는 영업장은 생존자체가 어려워진다. 더 나아가 고객과 시장의 숨어있는 욕구와 잠재적인 끼를 끄집어내는 혜안이 필요하다.

고객감동을 넘어 고객행복을 마케팅한다. 고객가치 경영의 발원지점이다.

확장해보면 고객들이 좋아하고 선호하는 일정부문의 문화적 패턴이나 화두, 이슈 등이 트렌드로 나타나는 프레임을 잡아내는 노력도 그런 포인트다.

'SM기획' 을 운영해온 이수만 사장, 1990년대에도 사업이 계속

지지부진하자 사명을 'SM엔터테인먼트'로 바꾸고 1995년 H.O.T를 첫 성공작으로 데뷔시켰다.

이수만은 국내외에서 역량 있는 인재를 뽑아 춤과 노래를 트레이닝시켰고 철저한 기획 아래 팀을 꾸려 데뷔시켰다. 그전까지는 역량 있는 가수들을 발굴해서 음반을 취입하던 추세가 대세였다. (지구, 오아시스레코드사 외)

음악시장의 주력이, 대세계층이 10대로 내려가고 있고 대중음악의 트렌드 또한 거침없이 변화되어가는 저변의 흐름과 수요를 과감하게 들어낸 것이다.

10대 인재를 체계적으로 육성해 기획상품처럼 데뷔시키는 방식은 유례없는 시스템이었다. 이런 차별성과 유연성으로 H.O.T의 등장은 아이돌 그룹시대의 서막이 되었고 연예기획사의 산업화, 한류를 이끄는 대표적인 문화 콘텐츠로 발돋움했다

기획은 못이 박히는 현상에서도 이것을 쪼개고, 잘라서 관찰하는 디테일한 발상과 통찰력에서 비롯된다. 일관성과 집중력은 역설적으로 유연함과 차별성을 갖게한다. 내재된 향상심이 작동하기때문이다. 마케팅 분석의 3요소를 통해 직장신입 스스로 이러한 기획요소에 대한 가능한 접근과 학습의 단초를 구체적으로 제시해보았다.

마지막으로 위에서 언급한 기획력 향상요인을 가장 중요하게 포

괄하는 한 가지만 더 얘기하고자 한다.

국내 건설산업의 대장주였던 현대건설 초기, 정주영 회장은 조선업 진출을 선언한다.

건설과 조선은 전혀 다른 분야이고, 건조기술도 인프라도 없던 시절이라 업계에서는 문어발식 확장경영이라며 일침을 놨다.

"공장 짓는 거나 배 만드는 거나 뭐가 다른데(?), 조선업이라는 게 철판으로 큰 탱크를 만들어 바다에 띄우고 그 안에 엔진 붙여 동력으로 달리면 되는 거잖아"

건물 지을 때 냉·온방, 전기장치 넣듯이 선박에도 도면대로 끼우면 된다는 발상이었다.

이렇게 단순하게 정리해버리는 것은 바로 업의 본질을 꿰뚫어볼 수 있는 중심철학과 고객의 수요를 만족시킬 수 있는 자신감을 넘어 어떤 신념이 자리하고 있었기 때문이다.

그를 안다고 하는 지인들은 어떤 현상이나 사물을 복잡하게 보지 않고 아주 단순, 명료하게 갈무리해버리는 특유의 능력이라고 전한다.

06 ▼ 비즈니스 마스터의
▲ 진짜역량은 문제해결력

조직 구성원들이 일하면서 '개인 역량이 발전하고 있음을 자신이 직접 체감할 때'가 가장 동기부여가 된다고 한다.

취업포털 J사가 주최한 2018 HR컨퍼런스에서 발표한 '시대의 변화, 채용의 변화'라는 주제로 230여명의 고객기업 인사담당자를 대상으로 한 기획설문 결과 리포팅에서 밝혀진 내용이다. '적당한 업무량', '상사·동료들과의 좋은 관계', '일의 재미를 느낄 때' 등 이어진 하위순위의 요인들보다 훨씬 더 강한 동기부여 요인으로 나타났다.

기업체에서도 HR과 관련한 변화의 바람이 거세다.

기업의 비전과 목표에 따른 방침과 제도에 부합되는 잘 따라올 수 있는 팔로우형 인재를 기반에 두고 핵심인재를 육성해온 것이 불과 얼마 전이었다면 2010년대 중반에 들면서 기업들은 조직 구성원들의 탤런트와 재능에 기반한 에너지와 열정에 집중하고 있다. 규격화된 펜스 안에서 베스트의 인재를 찾는 것이 아닌 탈 규격화된 영토나 영역에서의 대체 불가한 특성화된 재능과 끼를 찾는 데 역점을 두고 있는 것이다. 이런 추세가 기업들의 국내 리쿠르팅 또는 잡 투어나 설명회뿐만 아니라 SNS를 통한 상호작용, 미디어를 통한 실시간 노출과 어필이 가능해지면서 더욱 활발해지고 있다.

그럼에도 기업에서는 한결같이 원하는 (바뀌지 않는, 바뀌기 힘든) 인재상이 있다. 착한 사람이다. 특히 신입직의 경우엔 더욱 정교하게 보는 측면이 인성, 가치관, 됨됨이다.

착한 사람이라는 것은 두 가지 의미로 해석된다.

첫째 진짜 착한 사람이다. 된 사람, 반듯한 사람, 바람직한 가치관을 가진 사람이다. 입사를 위한 스펙이나 보유한 능력이 뛰어나도 구성원과의 원활한 관계능력이 부족하거나 업무를 대하는 기본적인 자세나 마인드에서 피터팬 증후군이나 유리멘탈을 보이는 신입사원들이 의외로 많다.

기업체의 채용대행이나 취업오디션 행사를 대행하다보면 신입사원들에 대해 가장 많이 듣는 말은 고스펙답게 의사표현과 자기주장은 선명하고 처세는 합리적이다. 반면 충분히 할 수 있고 해야될 일인데 직접 시키지 않으면 스스로 안 한다는 점이다. 근무태도나 사람과의 관계성 등에서도 아쉬움을 드러내는 HR담당자들이 많았다.

보고서나 제안서는 비교적 잘 구성해오지만 막상 브리핑에서는 구성원의 공감을 얻어내기보다는 일방적인 의사전달에 매달리거나 기획안이 통과되고 나서 구성된 팀원과의 소통에서 문제를 야기하는 등 앞뒤 업무수행에 엇박자가 속출하는 것이다.

두 번째 의미는 어찌 됐든 기업에서 착한 사람은 일 잘하는 사람이다.

일 잘하는 사람이 조직을 유지, 발전시키고 성과를 내기 때문이다. 조직의 발전과 꾸준한 성과에는 '문제해결력'이 필수적이다.

일 잘하는 사람은 공통적으로 어떠한 특징을 갖고 있을까? 여러 가지 중요한 요인들이 작용하겠지만, 성과의 꾸준함과 내용의 충실성 등 직무역량이 발휘되는 종합적 능력과 포괄성으로 보면 결국 문제해결력으로 귀결된다.

업무 프로세스는 기획, 검토, 전파, 수행, 성과관리, 결과(성과)보고 등의 단계를 거치는데 어느 단계든 당면한 문제나 이슈에 대한 대응과 해결이 관건이 되기 때문이다.

모르는 것을 알고 있다는 인식에서 지혜가 시작되듯이 문제가 무엇인지 정확히 진단해서 픽업하고 간명하게 해결대안을 수립해서 처리해나가는 능력을 말한다.

특히 요즘과 같이 외부 환경이 급변하고 불확실한 경영환경에서는 문제를 정확히 인식하고, 이를 해결할 수 있는 인재가 더욱 각광받는다.

참, 여기서의 문제는 반드시 부정적이고 바로잡아야 하는 사항만을 의미하는 것은 아니다. 업무수행이나 관계, 사업운영 과정에서 불거지는 다양한 이슈나 사안, 대상들이다.

문제해결력을 배양하고 증명하는 방법은 네 가지로 정리해볼 수 있다.

먼저, 사고력이다.

문제를 둘러싼 원인과 배경, 영향 등을 분석, 구조화하고 그 과정에서 핵심적인 요인과 파생요인으로 나누어볼 줄 아는 능력, 즉 사고력이다.

인재육성의 프레임이 바뀌고 있다. HR 파트 주도의 탑다운식 교육프로그램보다는 현장단위의 프로젝트와 협업을 통한 멘토링이나 현장 학습이 더 요구되고 있다. 그렇다면 회사에서 우선하는 실질적인 인재상은 무엇이고 지금의 신입들이 선호하고 수용성이 높은 교육형태에 대한 고민이 먼저 이루어져야 한다. 그래야 수급 불일치나 미스매칭을 예방하고 최적의 효과를 낼 수 있기 때문이다. 이런 발상의 시작은 사고력이다.

당사자가 무엇을 원하는 지, 상대방이 수용할 수 있는 지, 투입대비 기대수익 이상인 지등 핵심적인 요인들을 고려하고, 안정적인지, 지속적인지, 변수는 없는 지 파생요인까지 따져보는 것도 사고력이 뒷받침되어야 한다. 학습중심의 컨텐츠 완성도, 시행 후 기대효과와 직결되는 사고력이다.

둘째, 문제를 규명하고 설정하는 능력이다.

문제의 원인이자 실마리가 될 골드포인트 설정이다.

문제의 원천적인 성격과 배경에 대해서도 2가지 측면으로 나뉜다.

무언가를 새롭게 시도해보거나 다른 방식으로 해보는 과정에서 발생되거나 예측되는 문제들은 예측가능한 문제이다. 이는 업무 수행지침이나 매뉴얼을 따르면 된다. 예측 못 한 변수나 어려움은 초기 대응과 보고, 대응체계 등을 사전에 마련해놓아야 한다.

반면 변화없이 진행되는 일상적 업무에서 터지는 문제나 변수는 수동적인 문제해결 방식이지만 대응이 미흡하면 치명적인 경우가 많다.

영업현장에서 고객사의 거센 컴플레인이 접수됐고 본사에도 항의가 이어졌다. 이때는 컴플레인에 대한 정확한 분석과 탐색이 중요하다. 고객 컴플레인 내용 자체가 문제인지, 컴플레인을 유발한 다른 배경이나 거래구조 때문인지 시급히 분별해야 한다. 문제처럼 보이는 것들 중에 진짜 문제를 찾아내는 것이 포인트다. 그 불만 내용 자체인지, 불만을 초래한 요인 때문인지 문제 해결을 위한 가장 밑단에 해당하는 골드포인트를 찾아야 자신이 풀어야 할 문제와 범위를 정의할 수 있다.

셋째, 전략적인 의사결정이다.

'전략적'이라 함은 군에서 사용되는 작전용어이지만 지금은 기업 조직에서도 통용되는 키워드다. 효과보다는 효율적이고, 과정보다는 결과중심으로 생각해야 하는 속성을 지향한다. 개인의 과업처리 방식에서도 전략적인 의사결정이 필요하다. 자기 업무에 대한 리더십이 중요한 요소다. 의사결정을 내리는 데 가장 필요한 것은 주력할 과업 선정과 우선순위다.

신입단계에서 맡은 업무수준이라면 우선순위와 투입비중이 먼저다. 그에 대한 결정요인은 중요도, 처리시한, (일의 진척도나 완성도가) 상사를 포함한 구성원에 미치는 영향 등이 판단요인이다.

분명한 것은 내가 아직 신입이라는 보호막을 거두고 직무 담당이라는 책임의식으로 무장해야 보일 수 있고 가능한 행동의지라는 것이다.

어떤 변수나 예기치 못한 상황이 발생했을 때, 선보고 후-조치, 선조치 후-보고, 또는 조직 내 실시간 공유가 필요한 지, 업무처리

라인에 있는 구성원만 공유해야 하는 지 등도 내부 업무지침이나 매뉴얼을 통해 인지하고 있어야 한다.

자신의 과업에서도 정례적 업무와 비정기적이거나 단발성 업무 등에 대한 처리기준을 정하고, 동료나 관계 부서의 협업과 지원이 필요한 업무는 사전 협조나 지원요청을 위한 절차적 문제도 앞서 생각해야 할 것이다.

위의 사례처럼 해결해야 할 문제가 정해졌다면 실행이 가능한지, 해결된다면 어떤 효과가 있고 근본적인 해소가 될 수 있는지, 해결된 후 다른 파생 변수가 없을지도 따져보아야 한다. 실행이 가능하고 기대효과가 있다면 최종 의사결정권자에 대한 보고와 협조 및 지원사항을 요청하고 고객사와 향후 진행사항 등 정보공유를 해야 한다.

넷째, 실제 문제처리 및 대응 단계에서는 사안별, 대상별 처리 및 대응 체크리스트에 의해 실행하고 실시간으로 모니터링해야 한다. 관계 부서의 지원, 조직 내 이해 당사자나 전문가들과 유기적인 협업은 필수적이다. 컴플레인 고객사에 피드백과 향후 업그레이드 계획 등을 공유해가면서 신뢰 회복을 넘어 새로운 가치를 제시해주는 미션도 놓치지 말아야 한다. 내부적으로는 대응 단계별 결과나 파생변수에 대한 2차 대응을 준비할 수 있어야 한다. 신입일수록 현장에서의 불가측한 문제에 대응하는 과정에 개입하고, 부분적인 역할이라도 자신의 역량이 발현되어 해결되는 성과를 목도하면서 성장의 폭과 질이 커지기 마련이다.

〈표 8〉 문제해결력의 구성요소

사고력	문제의 정의
• 분석력 : 원인 & 현상 & 결과예측 • 구조화 : 핵심요인 & 파생요인	• 골드타겟, 현상(내용) & 배경(구조) • 방어적 문제 & 적극적 문제, 경-중-완-급
전략적 의사결정	**문제처리능력**
• 미래지향, 결과중심, 효율성 • 실행가능성+기대효과, 고객과 정보 공유	• 사안별,대상별 대응, 이해당사자/전문가 협업 • 피드백+신뢰유지/새로운 가치

4차산업 시대는 공동체의 끝, 개별화의 시대라고 한다.

전통적인 비즈니스의 최고의 선은 돈을 버는 것이다. 물론 이 개념은 계속 유지되겠지만 다른 가치가 차별성 있게 요구되고 있다. 개인화된, 차별화된 욕구나 기대에 대응하기 위한 전문화되고 신뢰성 있는 전문가의 도움을 필요로 하는 수요와 욕구들이 분출하고 있어서다.

지식과 경험이 다채널로 유통되는 현대 비즈니스 사회에서 전문가의 개념은 대체불가한 역량과 경험들을 토대로 문제해결력을 갖춘 사람. 다시 말해서 비즈니스의 개념이 돈을 버는 기대수입 외에도 별도의 가치를 부여하고 나아가 개별적인 문제해결을 기대하는 고객에 대한 서비스 제공 능력이 급부상되고 있다.

예를 들어 환자를 치료하는 의사, 간호사나 사고현장의 응급구조원 외에도 일상적인 문제나 어려움을 해결해주는 생활기반형 문제해결 전문가들에 대한 수요는 갈수록 늘어날 것이다. 퇴직금이나 부당해고를 구제해주는 노무사, 이직을 앞두고 고민하는 직장인에게 재취업 솔루션을 제공해주는 커리어컨설턴트, 대입 수험생의 학습코치 등 이미 직업화된 잡도 있지만 미니멀 라이프를 지향하는 이들을 위한 정리수납컨설턴트, 귀농귀촌 플래너, 개인이나 기업의 브랜드나 평판 등을 관리해주는 평판관리사, 환경오염이 심해지면서 어린 영유아들의 건강진단을 위한 아기변성전문가 등 우리의 일상과 밀접한, 긴요한 문제해결형 전문 잡들이 속출하고 있다.

특히 어떤 사건이나 변화를 처음 직면하거나 경험해보지 않은 일을 수행하거나 해결해야 하는 사람들에게 실질적인 도움과 문제를 해결해줄 수 있는 사람. 그 사람이 셀럽이고 진정 프로 인플루언서가 될 것이다.

문제해결력은 기발한 발상이나 아이디어에서도 나올 수 있으나 분명한 것은 사고의 힘이 배경이 되고 이를 기반으로 한 전략적인 의사결정과 문제해결력이 뒤따라야 한다.

따라서 단발적이고 재기넘치는 아이디어(Idea)보다는 지속적이고 일관된 맥락 속에서의 씽킹파워(Thought)가 그 역량의 자양분이 되는 것도 잊지 말아야 한다.

개인 역량의 발전을 직접 체감할 때가 가장 동기부여가 된다고 하는 국내기업의 조직구성원들은 반드시 새겨두어야 할 핵심역량이다.

'양계장에선 독수리가 나오지 않는 것처럼 문제해결력이 떨어지는 기업에선 미래형 비즈니스 마스터가 나오지 않을 것'임을 기업들은 특히 유념해야 할 것 같다.

PART 07

기업 내부자
슈퍼면접관이
전하는
직무마스터의
필살기

첫인상에서 좋은 이미지를 끌어내는 것은 동서고금,
공사장유(公私長幼)를 막론하고 중요한 덕목이다.

01 ▼▲ 성공과 성취는 지향점이 다르다

"네 꿈을 설계하라, 안 그러면 남이 너를 고용하여 그들의 꿈을 설계할 것이다."

미국 시카고의 빈민가 태생인 파라 그레이. 억만장자이자 동기부여 전문가인 그가 남긴 말이다.

취준생이나 입직을 목표로 해야 하는 젊은 세대에겐 정말 꿈같은 말이다.

연애, 결혼, 출산을 포기한 3포 세대, 여기에 내 집 마련과 인간관계까지 포기한 5포 세대. 나아가 N포 세대. 혹은 다포 세대라는 표현까지 나오고 있다. 지금 사회의 기성 시스템을 포기했다는 뜻이기도 하다.

희망을 접은 것이 절망이라지만 이 정도면 무망 수준이다. 절망이라 함은 그래도 당초엔 희망이라는 게 있었고 다시 반등을 꿈꿔볼 수 있는 여지가 있었다는 의미이지만 무망이라 함은 출발선에서부터 기대나 의욕 자체가 휘발되어버려 절망이란 흔적도 없다는 뜻이다.

사람은 자유의지와 향상심이 있다. 타인과의 상호작용이나 공동체에서의 인정과 자존감을 지키고 싶어 하는 것이 사람의 본능이다. 저마다의 성향이 있어 주위 환경에 따라 표출되는 모습과 방법이 다를 뿐이다.

결과물이나 성과에 대한 불안감도 있으나 자신은 없고 타인과 사회의 기준과 잣대만이 서슬 푸르게 버티고 있기 때문이다. 일상이 재미없고 지겨운 이유다. 경쟁사회도 피곤하지만 맘대로 할 수 없는 게 더 많은 현실 때문이다. 그렇게 된 배경에는 부모, 교수나 선생님 등 기성 선배세대들의 출세의 기준도 있겠으나 친구나 연인, 동료들에게서도 다른 형태의 비교의식과 체면 때문에 나다운, 나만의 경쟁력과 성과를 내세우고 있지 못하기 때문이다.

그나마 이들이 밀레니얼 세대답게 새로운 트렌드를 타고 자신만의 정체성과 주도성을 키워가는 분야는 각종 공개 오디션, 유튜브, 스타트업 창업, SNS 셀럽 등이다. 특유의 끼와 근성, 열정과 치열한 경쟁이 요구되는 분야들이다. 일반의 시각에서 보면 큰 결단과 용기에 이어 독자적인 행보를 보이지만 어느 누구도 성공은 커녕 한 치

앞의 예측도 어렵다. 분명한 것은 이들 모두 자기중심의 성취감에서 그 희망을 더듬어가는 것이다.

지금 사회에서의 성공은 남들이 '엄지척' 하거나 인정해주는 수준의 성과나 평판일 것이다. 입지전적인 노력가형이든, 시대의 코드나 흐름을 잘 탄 기회형이든 성공한 사람들의 이야기이기 때문에 성공 컨텐츠로 꼽히지만 그 뒤의 수많은 2등 이하들은 바닥 모를 열패감만 곱씹을 뿐이다.

'부러우면 지는 것이다' 라며 자존감을 잃지않으려 하지만 성공담은 성공했기 때문에 입지전적으로 묘사된다. 그렇지 못한 이들에게는 어제같았던 생생한 시련과 어려움을 이겨냈던 것마저도 가혹할 정도로 평가절하된다. 심지어 그런 고난 극복사가 세간에서 말하는 성공으로 이어지지 않으면 흑역사로 둔갑해버리기도 한다. 때문에 '왜 나만 이런 생고생을 해야 하나', 그렇게 고집하고 극복해가는 것 자체를 주변에서 폄하하는 바람에 별 의미도 없다는 생각에 이르면 포기 수준이다. 자신이 거기에 없고, 자신이 원하고 의지를 발휘해 자기 주도로 예측하고 이겨내는 과정들이 아니기 때문이다.

'성공' 이란 개념은 남들이 부러워할 정도로 이루어 놓은 것이 많고 가진 것이 많은 것이다. 사회와 주변에서 인정하고 칭송하고 박수를 보내주는 것이다.

그렇다면 성취는 무엇일까. 실제 자신이 몰입되고 온 마음이 꽂히는 일을 통해 누군가에게, 또는 어떤 집단이나 조직, 공동체, 나아가 이 사회에 기여하는 것이다. 기여하는 그 가치도 바닥과 현장에서 시작되기 때문에 지속적이고 확산적이다.

성공한 사람이 가진 것이 많다면 성취자는 주는 것이 많은 사람이라고 보면 되겠다. 내 재능이나 강점, 특기를 필요로 하는 사람들이나 단체, 집단에게 나의 능력을 최대한 발휘하여 누군가에게, 어떤 단체나 집단에게 새로운 만족과 효용성을 느끼게 해주는 것이다. 성공의 기준이 남의 시선에서 시작된 무지향성이라면 성취는 나에게서 시작된 나 중심의 지향성을 갖고 있다.

성공의 관점에서 목표는 분명하다. 그러나 그 목표에는 그 목표를 이룸으로써 어떤 가치와 의미가 포함되어 있지 않다. 또한 그 목표를 이루고 난 다음의 더 큰 목표는 또 다른 경쟁과 다른 소중한 것들에 대한 포기를 요구한다.

반면 성취는 내가 먼저 인정하고 만족하는 것이 성취다. 자신의 관심사와 흥미에서 발원이 되어 몰입과 열정이 동반되고 그것이 사회적인 유익과 함께 경제적 가치까지 동반한다면 그것이 곧 나만의 소확행이라도 유일무이한 비즈니스 무기로 진화하게 된다.

수업시간에 야한 그림을 그리고 만화방에서 뒹굴던 친구가 입시를 접고 웹툰, 웹 소설 작가로 데뷔하고, 틈만 나면 스마트폰 카메라를 찍어대고 엽기적으로 편집해서 친구들을 까무러치게 만든 후배는 유튜브 크리에이터 전문 과정을 배우면서 더 수다스러워졌다. 그들은 자신의 성취동기에 집중했고 주변의 성공기준에 반기를 든 것이다.

명문대 의대를 목표로 스터디그룹까지도 철저히 수질관리를 해오던 친구는 외국 의료봉사와 요양기관에 실습을 다녀오더니 갑자기 간호학과를 지원하기로 했단다. 밀려드는 환자 진료와 책임감 때문에 잠 못 이루고 기계적으로 진료하는 의사보다는 인술과 의술을 함께 펼치는 재활전문, 요양전문 간호 분야로 전향했다는 것이 그 이유였다.

번듯한 금융기관 애널리스트로 이름을 날리던 초급 간부가 사직서를 던지고 주식투자 연구소를 차리는 사례는 업무와 유사분야라 치더라도 대기업의 40대 후반의 부장님이 홀연히 동네 책방을 한다면서 자신의 책상을 정리하는가 하면, 안정적인 학교 행정직을 내던지고 DIY 목공방을 차리는 분도 있다. 중장년 세대도 수십년간 기존 잡을 수행 해오면서 가슴 안의 성취욕으로 심장이 나대는 그들만의 원픽 프로젝트를 결행해가는 것이다.

반면 아직까지도 구름에 달 가듯, 변화 없이 무난한 하루하루를 채워가는 사람들은 스스로 자신의 성취동기를 직면하지 못한다. 그러면서도 사람들은 자신들의 자아를 실제의 자아보다 훨씬 크게 보이고 싶어 한다. 이중적이고 중층적이다. 그래서 삶이 힘들고 고단하다. 자신이 보이고 싶은 자아와 실제 자신의 자아의 차이가 크다고 느끼기 때문에 남들에게 보여지거나 평가받는 부분에서 자신을 과장하고 크게 보이려 하고 오버페이스(과용, 오판, 아는 척, 센 척, 감당 가능한 척)하기 마련이다. 성취를 모르는 성공지향형들이 그렇다.

자신의 진로나 취업, 입직 후 경력발전 등에서의 의사결정도 그렇게 할 것인가.

남에게 보이고 싶은 모습보다는 자신만의 비전과 성취동기가 무엇인지 구체화해보라

그리고 자신의 위치와 포지션에서 무의미하고 습관적인 내용보다는 성취동기가 터지는 단기적인 목표를 설정해보라. 특히 현실적으로 실행 가능한 옵션들까지도 선택하여 몰입과 의지력을 발휘하고 행동 강화로 이어지도록 해야 한다.

무전취식으로 전국을 떠돌던 친구가 여행사 최고의 상품기획자가 되고, 가야금과 바이올린으로 트로트를 타고, 고공에서 타워크레인을 조종하는 여성 기사와 현란한 가위질로 헤어아트를 자부하는 남자 미용사가 유튜브 스타가 되는 시대다.

경계를 넘나들고. 기존 관념을 뒤엎은 묵직한 임펙트와 감성적 울림이 성취동기가 되고 이질적인 것들과의 생소한 조합과 융·복합으로 이어져 비즈니스업계의 새로운 성장 아이콘으로 부상한다.

그 화두의 시작과 끝에는 자신이 "좋아하는 일"에 제대로 미쳐보는 '성취동기'가 작동되기 때문이다. 그래서 '성취'는 '성공'보다 훨씬 더 위대한 탄생이다.

02 ▼ 너만의 성취이야기를
▲ 부탁해

　　　　　면접장이다.

"서비스 경험에서 배운 것들을 토대로 CS에 최선을 다하겠습니다."

"어떤 경험들이었죠"

"프랜차이즈 커피점에서 안내 데스크일도 있었고, 홀서빙도 했습니다."

"구체적으로 어떤 일들이었고 무엇을 배웠나요"

"손님안내와 음식서빙인데요. 다양한 사람들이 있지만 친절한 서비스가 중요하다는 것을 느꼈습니다."

뭔가 허전하다. 이보다는 아래와 같은 답변이면 더 좋았을 것이다.

"안내데스크에서는 고객분들께 프로모션이나, 이벤트 메뉴를 소개하기도 했는데, 손님들 계층(가족, 연인, 친구 등)에 따라 특별한 의미나 메시지를 담아 이벤트 메뉴를 추천하는 준비성과 순발력이 고객 CS와 영업점의 매출증대에도 도움이 된다는 것을 깨달았습니다."

중장년층이 된 동창 모임의 회식장소다.
"벌써 겨울이네. 시간 참 빠르네"
"그러네.. 나이 숫자만큼의 시속으로 시간이 흐른다고 느낀다면서"
"별로 한 것도 없고, 새해 첫날이 엊그제 같은데 벌써 계절이 한 바퀴 돌아갔네"
세월이 빨리 간다는 것은 나이 때문이 아니다. 어제가 오늘 같고, 내일도 별반 다르지 않을 거 같고 그날이 그날 같은 삶이기 때문이다.

생애단계별로 어떤 가치와 비전에 따른 목표와 달성방법을 설정하고, 달성에 따른 의미부여와 세리머니를 했는가. 달성이 안 됐다면 왜 그랬는지, 부족한 이유도 성찰해보아야 한다. 이는 하루하루를, 일주일, 한 달, 1년을 어떻게 마무리하고 이루어왔는지에 따라 천차

만별일 것이다.

내가 지향하는 가치나 의도는 온데간데없고 타인과 조직, 세간의 평판과 기준에 휘둘리게 되고 성공 콤플렉스의 덫에 걸리고 만다. 세상 잣대의 1등이나 성공 말이다. 자신만의 성취기회는 스스로 보지 못한다. 자신에 대한 애정과 자존감, 유별난 인정들을 확인할 수 있었던 작은 시도와 성취스토리를 찾아보라. 자신이 생각해봐도 뿌듯하고 벅차올랐던 생동한 경험과 결과들에 대한 기억들을 소환해서 성취스토리를 기획하고 구성해보자.

위의 면접 지원자의 발언 사례를 보면 지원자는 안내데스크 근무 때 손님들의 성향에 따라 특별한 메시지를 준비하고자 하는 그 마음이 키포인트다. 자신이 그 손님들의 특이점과 사연에 주목해서, 어떤 이벤트를 추천하고 무슨 메시지를 쓰려고 고민하고, 결정하고, 행동했는지 그 일련의 과정들이 얼마나 특별하고 재미난 스토리가 되겠는가. 채용 담당자 입장에서는 그것이 곧 그 지원자만의 유일한 매력포인트고 특장점이다.

대체 불가한 비즈니스 마스터의 유전자이고 확실한 경쟁력으로 인식하게 된다.

구성해볼 만한 성공스토리가 정말 없다면 왜 그럴까? 매력이 하나도 없는 걸까 자신이 생각해도 큰 고생, 힘든 경험, 어려웠던 고비는 없었다면 타고난 금수저 세트 속에 파묻혀 있거나 자신의 경험담을 너무 제한 적으로 보고 있기 때문이다. '좋았다면 추억이고 나빴다면 경험이 다' 라는 말처럼 찬찬히 자신의 이야기를 찾아보자.

'2018 벤처창업 페스티벌'.' 배달의 민족' 을 운영하는 〈우아한 형 제들〉의 김봉진 대표는 창업 후 가맹점을 확보하기 위해 골목 구석구 석을 누비며 전단지를 모으는가 하면 명절에 고향을 찾은 직원들에 게 지역 전단지를 가져오게 했다. 이같은 발품 전략은 전국 모든 음 식점을 가맹점으로 확보한다는 일명 '대동여지도 프로젝트' 로 이어 졌다. 정말 위기였던 것은 사업 초기, 경쟁사가 출시한 배달 앱에서 주문과 결제가 동시에 이뤄지는 '바로 결제' 서비스를 선보이자 김 대표와 직원들은 고객의 주문 전화를 받고 직접 음식점에 주문하는 방식으로 즉각 대응에 나선 것이다.

기술적, 시스템적인 문제 해결은 그 직후에 바로 보완되기는 했지 만 최초 그 상황에서 그는 초기시장 구도에서 밀리면 끝장이라는 절 치부심에서 승부사적 기질을 발휘해 창업 초기의 어려움을 정면 돌 파한 것이다. 문제를 문제에서 푼 것이다.

이를 STAR 기법으로 정리, 구성해보자

STAR은 Situation(상황), Task(과제, 임무, 목표), Action(행동),

Result(결과)의 약자다

Situation 은 사업초기, 경쟁사에서 주문과 결제가 동시 가능한 앱을 먼저 출시함.

Task 는 초기 배달 앱 업계의 시장 선점과 포지셔닝에서 주도력을 놓칠 수 있는 첫번째 위기상황 돌파를 위해 자체적인 대응 서비스가 긴박했던 상황이었음.

Action 은 직원들이 직접 고객의 주문 전화를 받고 곧바로 음식점에 주문하는 방식으로 즉각 대응에 나선 것임.

Result 는 초기사장의 선점 경쟁에서 밀리지 않고, 고객들과 초기 직접 소통과 연결을 통해 가맹점 유치를 위한 기반작업을 충실히 할 수 있었던 효과를 거둠.

앞의 면접사례도 STAR 방식으로 아래와 같이 정리해보면 면접장에서도 자신의 강점을 훨씬 더 용이하게 풀어낼 수 있다.

Situation 은 프랜차이즈 커피점 알바업무 중 프로모션을 진행해야할 상황.

Task 는 안내데스크에서는 고객 분들께 프로모션이나, 이벤트 메뉴를 소개하여 고객만족도와 재방문률을 높여야 할 상황.

Action 은 손님들 계층(가족, 연인, 친구 등)에 따라 특별한 의미나 메시지를 준비했고, 캘리그라피를 하는 친구 도움으로 손편지 세트를 이벤트 메뉴 추천 시 함께 전달.

Result 는 프로모션 기간 중 방문 고객에 대한 개별화된 CS와 영업점의 매출증대를 체감했음.

본래 소주는 곡류를 발효시킨 증류수였으나 1960년대부터 알코올을 물에 희석한 희석식으로 통일됐다. 그 과정에서 색깔은 모두 한결같이 투명하고, 도수도 낮추면서 병 색깔도 녹색을 띄게 되었다. '소주' 하면 누구나 같은 병 모양을 떠올린다. 브랜드만 떼면 어느 회사 어떤 소주인지 구분이 안 되는 소주병들이다. 학벌과 집안 등 배경 이야기를 빼면 우리들도 다 거기서 거기인 사람들인가요

대체 불가한, 유일무이한 그대, 그대만의 성취스토리로 노출해보라, 그래야 'One of them' 이 아닌 'Only you, Just me' 가 된다.

스스로를 특정하십시오.

03 ▼ 스스로 결단하고 끝까지
   ▲ 해보았는가

최근 액션영화 '언니'의 주연배우로 다시 각광받고
있는 배우 이시영.

거친 액션씬을 모두 직접 소화할 정도로 강한 근성과 체력관리로
국내 여배우 중 흔치 않은 매력의 걸크러쉬로 주목받고 있다.

복싱선수로도 유명하다. 아마추어 복싱선수로 활동하면서 국가대
표 선발전까지 진출했던 실력파였다.

2010년 여자 복싱선수를 소재로 한 단막극에 주인공으로 캐스팅
되면서 복싱과 처음 인연을 맺었지만 이후 드라마 제작은 무산됐다.
하지만 이시영은 복싱을 계속했고 데뷔전에서 상대 선수(당시 우리은
행 소속)에게 엄청 두들겨 맞았다.

후반에는 거의 일방적으로 얻어맞아서 코피까지 터지면서 KO패

를 면한 게 다행이다 싶었다. 경기가 끝나고 심판이 상대 선수의 손을 번쩍 들어 올리는 순간에도 코피로 얼룩져 부어오른 얼굴은 민망함과 안쓰러움이 들었건만 그 얼굴 위로 배여 나오는 웃음은 너무 기이할 정도였다. 시간이 흐른 뒤 그 모습은 갈수록 선명해졌고 인상적으로 남아있다.

힘든 상황에서 내내 너무나 만족해하는 듯한 모습이 아직도 눈에 선하다.

후일 모 일간지와의 인터뷰 기사를 통해 알게 됐다.

"태어나 배우로 들어선 지금까지 내 판단과 의지로 시작만 했지, 끝까지 해본 일이 없었다. 배역 때문에 시작한 권투였지만 이왕 배운 거 끝까지 내 의지로 가보고 싶어 권투를 계속했다. 그리고 데뷔전까지 해서 중간에 쓰러지지 않고 내가 인정하는 지점까지 완수해냈다는 것이 너무나 자랑스럽고 뿌듯했다."

그는 이미 승패와 무관하게 처음부터 끝까지 해본 성취감 때문에 그렇게 진정한 승자의 표정을 지었던 것 같다.

현역시절, 일본 나고야의 태양으로 군림하던 주니치 시절의 국보급 투수 선동열.

당시 같은 소속팀에 47세 7개월의 나이에 승리투수가 되어 최고령 선발승 기록을 갱신한 (당시 나이) 39세의 선발투수 야마모토 마사라는 선수가 있었다.

그는 매일 4시간 동안 600개의 투구를 거르지 않았단다. 몸이 견뎌내나 싶어 선동열 투수는 물었다. "힘들지 않은가, 어떻게 그렇게 매일같이 던질 수 있는지"

그는 "자신의 한계 투구 수를 극복한 상황에서 투구를 하면 무아지경에 이른다. 온몸에 힘이 빠지고 최적의 힘만 쓰게 된다"라고 하더란다.

오랜 경력의 마라토너들도 마의 35km 기간을 지나면 두 발이 자동적으로 몸을 이끌어가고 한 무대에서 4시간을 넘나드는 판소리 명창도 그 시간 정도를 넘기면 목청이 스스로 소리를 내며 끌고 간다는 경지를 느낀단다.

이 지경까지 갈 수 있는 원천적인 에너지와 동기는 어디에서부터 가능한 것일까

자신이 직접 느끼고 내면의 감정을 통한 동기부여에 의해 의사결정하고 판단했을 때다. 그렇다고 이 모든 의사결정에 의해 시작한 일이 끝까지 갈 수 있음을 보장하는 것은 아닐 것이다.

두 가지가 지속적인 동력을 제공한다.

첫째, 판단과 시작단계에서 어디에 핵심가치를 두고 주도적인 판

단을 했느냐다.

남들과의 경쟁우위나 남들의 시선이나 평가에 맞춘 명예나 자존심은 아니어야 한다.

본인이 이루고자 하는, 반드시 달성하고자 하는 비전은 본인 자신이 인정하고 가치를 두는 지점이어야 한다. 그리고 그 지점에 도달하기 위한 중간목표, 또는 단계별 목표는 스스로 자기를 증명하고 발전시키고, 도달 가능성을 촉진하게 된다.

그래야 그 과정을 견딜 수 있고, 나아가 습관이 되고 즐기는 것이 된다. 비로소 중도에 접지 않고 지속할 수 있다.

설혹 지치고 어려울 땐 무엇 때문에 힘에 부치고, 중간중간에 실패했다면 경험으로 생각하되 무엇이 부족했는지, 놓친 것은 무엇이었는지, 시행착오에 대한 성찰과 보완을 통해 작은 것부터 보충해가면 되는 것이다. 그렇게 배워가며 더 완성되어 가는 과정 속에 자신은 어느 순간 묵직한 자신감과 만족감이 배어들게 된다.

극복과정이나 결과에 대해 주변의 반응이나 인정이 시큰둥해도 그다지 괘념치 않게 된다. 자신의 의지로 시작해서 끝맺었기에, 스스로 성취한 하나의 사건이기에 충분히 자랑스러워하고 축하해줄 수 있는 것이다.

데뷔전에서 코피 터진 채 참패한 일그러진 배우 얼굴에서 피어나는 웃음은 복서 이시영의 진정한 승리자의 얼굴이다.

둘째, 물리적인 시스템 구축이다.

작은 것부터 습관을 만들어야 한다.

자신의 흥미와 관심분야를 토대로 수행과제를 설정하라

최소 하루 단위로 본인 의지만 있다면 달성 가능한 현실적인 목표와 수행방법을 정해야 한다. 하루 중 어느 시간대에 어디서 누구와 어떤 분량(작업량, 결과물 등)이나 단계까지 해낼 것인지 글로 써보고 달성여부를 측정하고 체크할 수 있도록 해야 한다.

예를 들어 유튜브에 동영상을 올린다면 매일 관심분야의 동영상 콘티와 촬영을 몇분짜리로 기획하고 편집은 언제까지 마쳐서 1주일 이내 최소 2개의 동영상을 완성해서 업로드 한다. 콘티는 누구와 의논해서 언제까지 마치고, 촬영 대상, 장소와 이동 동선까지 누구와 언제까지 일정을 완성한다는 내용까지도 구체적으로 설정해놓아야 한다.

이를 위해 매일 저녁 같은 시간, 같은 공간에서 기획안과 콘티를 한 건씩 작성해보는 습관을 키우라. 한 달 정도만 정확하게 준수해보라. 그것을 해내려면 매일매일 수시로 기획안과 콘티 구성을 하기위한 생각을 놓치지 않게 되는 효과도 있다.

그 단계를 넘어서면 저절로 반복되고, 반복되면 자신의 생활습관으로 정착되어 의무적으로 수행하는 것이 아닌 자연스러운 생활패턴으로 자리 잡게 된다. 그런 반복적인 습관들이 고스란히 동영상 기획력과 제작력으로 발전되어 내공으로 쌓이게 된다. 지속성이 곧 전문성으로 도약하게 되는 터닝포인트다. 생활의 달인은 그 반복성이 눈길 끄는 기능으로 만개했고, 마인드는 고객중심으로 가치를 지향하기 때문에 그 분야의 달인으로 불러주는 것이다.

학습의 4단계 이론을 보자.

기획안대로 콘티를 짜보고 콘티대로 영상을 찍어봐야 무엇이 부족하고, 잘못됐는지를 알게 되고, 필요한 기법을 배우고 숙련되는 단계로 나아가듯 조직 내에서 팀장이 되고 나서야 팀장으로서 자신이 무엇이 부족하고 무엇을 노력해야 하는지 알게 되는 이치와 똑같다.

부족한 능력에 대해 인지를 못한 상태에서 능력의 부족함을 인지하고, 능력을 채우기 위한 노력과 반영으로 효능감을 느끼고, 그 에너지로 향상심을 지속적으로 자극하는 선순환효과를 보는 것이다.

과정에서 힘에 부치고 자신감이 추락해간다면 그 일을 시작하기 전의 내 모습과 지금까지 해온 자신의 모습을 엄정하게 비교해보라. 그대가 경쟁하고 의식해야 할 사람은 동료나 경쟁자가 아닌 과거의 자신이다.

똑같은 시간 속에서 각기 다른 방식의 시간을 타면서 가장 본인다운 정체성과 잠재력으로 포텐을 터뜨리는 자 누구이겠는가

04 ▼ 대체불가 나만의 브랜드,
　　　▲ 문장이 사람이다

　　　　　첫인상에서 좋은 이미지를 끌어내는 것은 동서고금,
공사장유(公私長幼)를 막론하고 중요한 덕목이다.

　　자소서와 면접에서 눈길을 끌고 캐릭터가 분명히 잡히는 호감형
은 눈에 띄는 한 문장이나 첫마디에서 갈린다. 영업사원이 내민 회사
소개서도 단순한 거래관계나 하청이 아닌 진짜 전략적인 파트너가
되어줄 것 같은 한 문장이 러브콜하게 만든다.

　　# 나는 돈 쓸 줄 아는 사람입니다.

　[부연] 재경업무 지원자가 자금집행의 중요성을 부각함과 동시에
　　　　 돈을 버는 법을 먼저 배웠기에 제대로 돈 쓸 줄 아는 인재
　　　　 라고 어필하는 한 문장.

나는 싫은 사람, 불편한 사람과도 마음을 나눌 수 있습니다.

[부연] 영업관리 지원자가 갑을관계에서 빚어지는 갈등이나 불편한 관계도 얼마든지 고객 중심의 좋은 관계로 발전시킬 능력이 있음을 부각하는 한 문장.

나는 지배할 줄 아는 게임메이커입니다.

[부연] 게임개발 기획자가 게임에 너무 빠지거나 폐인이 수준이 되지 않도록 보호장치까지 생각하면서 즐기고 지배할 줄 진정한 전문가임을 내세우는 한 문장.

"내가 이렇게 대단한 사람이고 능력 있으니 당신은 나만 믿으세요"보다는 "당신이 어려워하는 문제를 내가 반드시 해결하고 근본적인 대응방안을 수립해주겠다."

"우리 회사는 국내 채용대행, 헤드헌팅 대표기업이다. 대기업 금융기관 고객사만 500여사에 달한다." 보다는 "고객이 원하는 최적의 인재를 10만명의 전문인력 DB를 통해 실시간 매칭해서 향후 1년간 조직과 직무적응을 위해 책임관리해 드리겠습니다."라고 하는 것이 훨씬 더 고객에게 환영받을 것이다.

나를 특정하는 대체 불가한 전문성을 한 문장으로 깔끔하게 어필한 것이다.

더 중요한 것은 그 한 문장이 자기중심이 아닌 고객의 입장에서 고객의 마음에 훅 들어가 일거에 사로잡는 강한 한방인 것이다.

5장에서 얘기한 자신의 미션과 비전을 다시 복기해보자.

반대급부나 대가 없이도 진짜 하고 싶은 일, 인정받았거나 존재감을 강하게 느껴본 일, (시장이나 고객에게) 경제적 가치가 있는 일을 기준으로 삼아야 한다고 했다.

위의 사례처럼 나만의 한 문장은 자신의 역할이나 비즈니스, 과업의 본질이 된다. 곧 미션이다. 가장 나다운 방식으로 강점과 기질을 발휘해서 시장을 창출하고 고객의 욕구를 만족시켜줄 수 있는 나만의 DNA, 또는 소명을 그 한 문장으로 밝힌 것이다.

입사를 앞두거나 입직자로서 조직 내의 자신의 브랜드 이미지 구축이 필요한 사람들은 자신의 캐릭터를 대변하는 키워드를 먼저 생각해보라.

취업준비생이나 신입직은 실질적인 비즈니스나 업무 경험이 없기 때문에 성과가 아닌 자신의 성장과정이나 유의미한 이벤트나 사건들이 있을 것이다.

어느 공중파방송의 TV 오디션 프로.

'여자보다 춤 선이 더 곱다'. '대부분 프리스타일이다'.

남자 아이돌을 꿈꾸는데 춤을 배워본 적 없다는 지원자에게 찬사가 이어진다.

저마다의 달란트가 간절함과 열정으로 타오르기 때문에 극한 경쟁과 긴장의 순간을 이겨내고 그런 에너지와 흥들이 뿜어져 나오는 거 같다.

본인이 스스로 좋아서 안무를 짜고 자기도 모르게 그루브를 타는 모습을 누가 점수를 주고 등수를 매긴단 말인가.

심사평을 듣고 나는 그 참여자에게 군이 선물하고 싶은 한 문장을 만들어 봤다.

"우주 최강의 신명난 춤꾼, 흥을 나누는 사회적 광대" 라고,

자신의 일에 그런 고민과 집중의 산물을 담은 단 한 문장으로 자신을 노출했다면 그 감동과 소통의 교감은 더욱 커졌을 것이다.

어느 누구도 대신하지 못하지만 단박에 나를 각인시키는 자신만의 한 문장 캐릭터를 만들어보라. 명예나 이익 지향이 아닌 목적지향으로서 그저 자신의 신명과 흥, 재미와 열정을 불러 일으킨 일과 자신을 통합하는 한 문장 말이다.

그것이 분명한 차이를 만든다. 그 한 문장이 본질이고 고객의 핵심가치이기 때문이다.

이처럼 자신의 캐릭터와 정체성이 명료해지고 다른 사람들과 교감과 소통으로 접목되면서 입체화되고 넓어지는 것이다.

고가명품도 같은 이치다.

명품엔 불황이 없다. 고가명품의 저력은 우위적 욕구충족 때문이라는 설에 동의한다. 바로 '차이'를 소비한다는 의미일 것이다. 바로 이 '차이'가 대체 불가로 인정받기 때문이다.

고객들이 나를 찾고, 이용하고, 의지하고, 만족스럽게 소비하게 만드는 나만의 차별화된 강점을 인정받는다는 것은 그렇지 못한 신입사원이나 비즈니스맨에게는 엄청난 차이를 느끼게 할 것이다. 대체 불가 명품브랜드의 차이가 그런 것이다.

고객들은 한정된 그들만의 로열티에 기반한 지속 구매력, 절대 우위의 차별화된 편익, 고급화 등 일반과의 차이를 즐기면서 자신의 가치와 존재감을 더욱 공고히 하려 든다.

그런 차별화 역량과 유일무이한 나만의 차이를 한 문장으로 소생시켜보라

자신의 한 문장이 눈에 보이고, 입으로 말하고, 가슴으로 담아내면서 나만의 강점과 유일함은 더욱 생동하게 된다.

취준생들의 단기 취업캠프에서 참여자들의 자기소개 영상을 보여주고 나서(참여자들은 서로 모르는 사이임) 그들에 대한 이미지나 느낌을 서로 얘기해보게 했더니 영상을 본 참여자들이 느낌을 얘기한 내용과 영상소개 참여자가 자신을 표현한 말과 겹친 내용은 거의 없었다.

즉, 자신에 대한 명확한 특장점이나 분명한 가치가 워딩으로 동반되지 않으면 그 사람의 인상과 말투, 표정, 옷차림 등에서 첫 이미지가 결정된다는 뜻이다.

"나는 싫은 사람, 불편한 사람과도 마음을 나눌 수 있습니다."

"나는 돈 쓸 줄 아는 사람입니다."

"나는 지배할 줄 아는 게임메이커입니다." 라는 한 문장 뒤의 부연 내용은 자신만의 비전이나 강점을 사례를 통해 간명하게 스토리텔링 해보라. 모든 지원자의 면접이 종료된 후라도 당신의 이미지는 다른 지원자와 확실한 차이로 생생히 각인되어 있을 것이다.

학교나 직장, 가족에게도 성실함은 최고의 보편적인 덕목이다.

그러나 입사지원자라면 달라야 한다. 그냥 성실함보다는 나만의 성실함으로 메인카피를 올린다고 생각해보라. 성실함도 여러 가지다. 특성화해보라

약속 잘 지키고 항상 일찍 나와서 먼저 기다려주는 성실함. 뭔가 목표가 생기는 반드시 끝장을 보는 성실함. 나보다는 조직이나 구성원을 먼저 챙기고 배려하는 성실함. 부서의 발전을 위해 늘 새롭거나 다른 전략을 앞서 고민하고 제안해보려는 성실함. 무엇인가

나만의 강점을 직무역량의 필살기로 연결하고 그것을 고객(기업조직, 시장)이 느끼는 핵심가치로 표출해보라. 강점은 반드시 업무 수행

에서 발휘될 수 있는 능력이어야 한다.

나는 그동안 조직에서 관리자로 보임된 후 11년 동안 매년 신입사원 교육을 담당해왔고, 20여년간 2,000명의 입사 지원자들을 면접했다. 면접자별로 특별한 느낌이나 강한 임팩트는 이력서 첫 페이지 하단에 1~2줄로 코멘트해놓는다. 물론 이 코멘트를 쓸 수 없는 지원자를 선발해본 적은 없었다.

그때의 1~2줄 평이 입사 후 시간이 지나 해당 신입사원의 업무태도와 평판, 평가, 근속률의 차이로 반증되는 부분은 나에게 꾸준한 통찰과 안목을 주었다.

요즘엔 사랑하는 연인에게 이벤트도 많이 하는 것 같다.

그리고 진짜 연애의 달인은 말 한마디라도 듣는 이성이 무엇을 원하고 듣고 싶어하는 지를 잘 알기에 이른바, 상대방에게 꽂히는 말을 한다. 그 말들은 뇌리보다 가슴을 물들이며 사랑하는 사람에게 가장 아름다운 메시지가 된다.

사랑하는 사람을 극진히 배려하듯 고객에게(기업조직에, 시장에) 꽂히는 말, 먹히는 말을 나만의 한 문장으로 찾아내 보라. 그대들이 벤치마킹해야 할 부분이 요즘세대 진정한 감정을 나누는 연인들의 교감방식이 아닐까 싶다.

05 ▼ 숙련가와 전문가의 차이

\# 사례.1

나의 오랜 벗이 고속버스터미널 상가에서 꽃배달을 하고 있다.

평소 알고 지내던 한 지인이 새롭게 사무실을 내셨단다.

그분이 어떤 과정을 거쳐 어떤 마음으로 제2의 창업에 나섰는지 알기에 그 사무실로 창업축하 꽃배달을 친구에게 의뢰했다.

"친구야. 그분한테 특별히 신경 써서 좋은 화분 좀 보내주시게"

"좋은 걸로 잘 챙겨보낼게"

"보낸 화분, 찍어서 나한테 폰으로 보내다오"

"야, 넌 지금 친구를 못 믿냐, 어련히 잘 보낼 텐데, 꼭 그래야 하겠냐?"

사례.2

지자체에서 발주하는 대형 프로젝트 수주를 위해 교육운영 전문업체와 컨소시엄을 급히 구성해야 했다. 회사는 전년도 동일사업을 해오면서 전반적인 호평을 받을 만큼 성공적이었으나 교육참여율과 실적은 미흡해서 옥의 티였다. 두 군데 교육기관이 후보에 올랐다. 모두 인지도가 있는 대형기관이었다.

교육운영시스템과 2천여 명 규모의 인력을 6개월간 교육시킬 수 있는 시스템과 레퍼런스를 각각 요구했다. A기관은 해당 사업에 대한 브리핑을 자기 회사에 와서 해달라고 했고, B기관은 우리가 요구한 자료와 함께 별도의 추가제안을 위해 내일이라도 직접 와서 제안 설명을 하고 싶단다.

사례.1에서는 그 친구는 꽃집 운영경력만 15년이 다 되어간다. 주변의 지인들이나 소개받은 거래처들을 통해 영업망도 꾸준히 확장해서 전국 권역별 3시간 내 배송과 사후처리까지 책임지는 배송시스템을 구축했다고 자랑하던 친구다. 친구로서가 아닌 고객입장에서도 그 업체가 못 미더워서가 아니다.

소중한 내 고객에게 어떤 모양과 수종의 화환이 갔는지, 그래서 특별히 마음 쓰고 보냈다는 후일 인사까지도 미리 챙기고 싶어 사진으로 보내달라는 고객의 마음을 그 친구는 못 읽은 것이다.

사례.2에서는 공공기관이 발주한 대형 프로젝트 수주를 위해 중소기업이 성공경험을 토대로 더 완벽한 사업수행을 위한 교육기관 파트너를 찾는 과정에서 2개의 대형 교육기관들이 보인 반응의 극명한 차이를 드러낸다. 숙련가는 관계의 주도성, 명분과 순서를 내세우지만 전문가는 일의 가치판단이 서면 관계의 우위나 절차보다는 일의 시급성과 중요성에 따라 상황을 판단하고 적극적으로 움직인다는 점이다. 일의 가치만큼 특정고객에게 특별히 마음을 써서 미리 준비하고 배려하는 마음들이 우선인 것이다.

한 가지 분야나 직종에서 오래 근무하다 보면 시간의 연속성과 제한된 역할의 집중과 누적효과로 그 분야에서 고도의 숙련도가 발휘된다. 이른 바 베테랑이다.

흔히들 자격증이나 인증서가 있다고 전문가라고 내세우는 이도 있다.

사실 자격증은 면허증처럼 그 일을 해도 된다는 허가증이지 전문가를 보증하는 것은 아니다. 그럼에도 현장별로 정해진 패턴의 과업에서 이들의 숙련도는 그 세월만큼 깊은 내공을 품고 있는 것은 사실이긴 하다.

그러나 전문가는 다른 얘기다.

전문가에게 숙련도는 필수요소이지만 충분조건은 아니다.

숙련자는 자신이 잘하고 익숙한 것을 우선하지만 전문가는 고객이 우선하고 중요시하는 것을 먼저 생각한다. 때문에 핵심고객, 잠재고객의 욕구와 필요성에 민감하고 그들이 형성하는 시장과 트렌드에 모든 신경을 집중하고 고민한다.

숙련자는 자신의 결과물에 자부심을 갖지만 전문가는 자신의 결과나 서비스에 함몰되지 않고 고객이 느끼는 가치와 혜택을 먼저 생각하고 끊임없이 소통하려 든다.

예비 직장인에게 전문성이란 수직적, 수평적 두 가지 요소로 결합되어 나타난다.

수직적 전문성은 관련 지식의 폭과 깊이, 업무처리 능력 등 테크니컬한 부분이다. 취준생들이 집중하는 어학, 자격증, 공모전 입상, 해당 분야에 대한 지식과 경험 등이 이에 해당된다. 대학원 진학이나 전문과정 수료 등 전문지식을 넓히려는 노력들도 이런 전문성 축적에 포함된다.

자기가 속해 있는 산업 분야의 지식(생산이나 R&D파트에서도 시장동향에 민감해야 함은 물론이고 영업이나 경영관리 파트에서도 기술적 내용에 관해 상식 이상의 지식을 갖춰야 한다.), 기술, 정보, 수행경력, 노하우 등이 집약된다.

수직적 측면의 전문가로 인정받기 위한 역량 중 마지막 조건은 어떤 업종, 어떤 직무를 수행하든지 간에 마케팅 능력이 있어야 한다.

수평적 전문성은 먼저 조직과 산업의 메커니즘을 이해해야 한다. 회사는 다양한 부서들이 유기적으로 결합되어 돌아간다. 나아가 조직에서 더 확장된 산업 프레임과 메커니즘을 알아야 한다. 신입 때부터 경영마인드 장착은 쉽지 않다. 먼저 내 부서(팀)의 미션과 역할이 무엇이고, 조직의 성과에 어떻게 연결되는 지, 부서 전체의 작동 프레임과 회사 내에서의 기능을 살펴보는 부지런함이 필요하다.

산업 자체에 대한 이해도 중요하다. 본인의 직무에만 몰입하는 열심사원을 넘어 진정한 전문가가 되기 위해서는 수직적으로 업무수행 역량개발과 함께 수평적으로 업계의 트렌드나 이슈, 전망을 헤아려보는 노력도 병행되어야 한다.

수평적 측면의 전문성의 완성을 위한 다른 한 가지는 기본적인 신뢰와 예측가능한 사람, 늘 발전하는 사람으로 자리매김해야 한다. 사람 관계의 유지는 관리보다는 마음 씀씀이다.(시간약속이든 일약속이든) 약속은 꼭 지켜야 한다. 그래야 예측 가능하다. 일 중심으로 생각하되, 사람을 잃지 말아야 한다. 그것이 신뢰이고 진정성이고 일관성이다.

또 하나는 지속적인 향상심으로 발전하는 사람이다.

반세기동안 현역활동을 이어온 가왕 조용필은 성황리에 공연을 맞추고 새 앨범이 빅히트를 쳐도 늘 아쉬움과 후회가 남는단다. "더 잘할 수 있었고, 놓친 것도 있어 후회스럽다." 그는 늘 간절했고 절실

했다. 오죽했으면 '아름다운 후회' 라고 기자들이 논평을 했을까 싶다.

최근 오랜 경력을 지닌 정년퇴직자들이 할 일이 없다고 아우성이다. 그들은 어떤 사람들일까?

정해진 틀 안에서 주어진 일을 착실히 수행해온 사람들이었다. 그 결과, 퇴직을 하기 전까지는 맡은 업무에서 달인의 지경까지 이르렀을지 모른다. 그럼에도 불구하고 왜 업무 단절을 겪게 되었을까? 지금까지 그들은 자신의 비전과 그림을 바탕으로 생각하고 판단하고 행동한 것은 아니었다. 회사의 프레임과 시스템에 의한 조직몰입으

〈표 9〉 숙련가와 전문가의 인재상

	사고력	문제의 정의
인재선발	• 최고인재(Best) : 뛰어난 인재 먼저 확보한 다음 맞는 보직 연결(배치) −다른 기업에 인재 뺏기기 전 먼저 확보	• 최적인재(Right), 직무중심 주도적 역량 중심, 인재가 과업 선택 −수시 확보경쟁, 내부추천, 평판조회시스템
인재조건	• 학벌, 학점, 토익 등 스펙형 인재	• 실무형, 스토리형 인재
인재성향	• 한 회사에 소속되어 장기근속하는 것이 중요한 가치 • 승진이 성공의 기준 • 정년퇴직 • 충성심 • 연공서열	• 개인의 전문성, 자율성, 적성 등이 중요한 가치 • 보상(급여) 또는 자신의 일 자체에 대한 가치 부여 • 비전과 리더십 • 성과주의

로 그 위치에 올랐지만, 오롯이 자신의 꿈과 가치를 통해 스스로 동기 부여해서 날개를 움직이는 법을 찾지 못한 것이다.

직장 밖이라는 광야에 나서 꼿꼿이 홀로 맞설 자신만의 DNA와 필살기를 갈고닦지 못했다. 오랫동안 자신의 갈 길을 바라보면서 전문지식이나 경험들을 올곧게 이론화하여 타인이나 후배들에게 전달할 능력을 키워왔다면, 자신의 경험과 성취들을 비즈니스 스토리로 체계화하여 그것들을 필요로 하는 잠재고객들을 개발하고 전파해가는 준비를 해왔다면 새로운 세계를 향해 날 수 있는 능력과 기회를 가졌을 텐데 말이다.

06 ▼ 미래 비즈니스 마스터인 기업인재,
▲ 지금 무엇을 보는가

아침 출근시간!

회사 엘리베이터 안에서 CEO와 마주친 신입직원.

신입직원을 바라보던 CEO가 잔뜩 긴장한 신입직원에게 묻는다.

"일은 잘 되어가나?",

"아, 예 열심히 배우고 있습니다."

"자네가 하는 일이 어떤 일인가"

"예, ㅇㅇ 담당입니다."

그 신입사원은 다음 날 볼 수가 없었다. 인사 조치된 것이다.

지금은 은퇴한 스티브 잡스가 현역시절 인사평가와 성과관리에서 냉혈한이라는 이야기가 나돌 정도로 엄혹했다 한다. 전해지는 과정에서 다소의 보탬과 과장은 있을 수 있겠으나 후일담과 관련된 내용을 찾아보면 그날 대화의 숨은 메시지는 이렇다.

자신의 일에 대한 강력한 동기부여와 문제의식, 문제해결력을 중시하는 스티브 잡스가 신입직원에게 잘 되어가는지 물었던 것은 기존 조직의 루틴이나 매너리즘을 신선하고 열정적인 신입의 시각에서 어떤 문제점이나 이슈가 없는지, 신입다운 의욕으로 제안사항은 없는지 그들의 시선을 느껴보고 싶었던 것이다.

두 번째 질문은 신입직원으로서 자신의 일과 과업에 대한 마음가짐이나 스스로 생각하는 비전을 들어보고 싶었다고 한다.

각각 돌아오는 답은 그에게는 아득한 실망감을 안겨주었던 거 같다.

국내 상황이라면 더 아득해질까.

우리 부서나 팀에서 느낀 부분을 당차게 이야기할 수 있는 신입이 몇이나 될까. 자신이 맡고 있는(정확히 말하면 부서장이나 사수가 시킨 일) 일에 대해 어떤 의미나 비전을 생각할 수 있을까

정확히 말하면 신입사원이 할 수 있고, 없고의 문제가 아니라 기존 직원들까지도 포함해서 상사나 CEO에게 담대하게 그런 발언들을 할 수 있는 사람은 극히 적다. 기업문화 탓도 있겠으나, 당초부터 기성과 기존체제, 문화, 제도 등에 대해 자신의 생각들을 자유롭게 얘기하고 문제 제기하는 환경이나 교육기회들을 갖지 못한 성장배경

이 더 크다.

나만의 캐릭터와 자존감을 중시하고, 명분보다는 실리와 실속을 더 우선하면서도 소속된 공동체에 대해선 명분과 연대의식을 중요시하기도 하는 밀레니얼 세대에겐 굳이 이와 대립되는 조직이나 상대방에게 자신의 색깔을 드러내진 않는다. 내키지 않은 전공필수에 출석만 챙기는 것과 같은 마음일 것이다.

세상과의 최초 접촉에서부터 전혀 다른 환경과 사고의 프레임을 갖고 성장한 이른바 밀레니얼 세대는 사회적 지위나 명예가 아닌 개인적으로 중요하다고 생각하는 것의 성취를 더 우선시한다.

집단보다는 개인, 배움보다는 학습, 융화보다는 병존. 글보다는 말, 말보다는 영상, 논리보다는 직관, 명분보다는 가치, 자부심보다는 자존감, 명목보다는 필요성을 중시하는 특성은 4차산업 시대 이후의 비즈니스 세계에서 새로운 가치체계를 형성할 것이다.

개별화(분업화, 고부가가치화, 차별화), 효율화(공유경제, 플랫폼경제), 복합화(융복합, 패러다임 시프트)는 그들이 우선하는 '가치'와 '편익'이라는 코드와도 부합된다. 노동시장이나 직업시장도 긱※경제화 되고있다. 플랫폼 노동과 모바일 혁신이 이를 더욱 가속화시키고 있기 때문이다.

※ 긱(Gig)은 1920년대 미국 재즈 공연팀이 지방 투어할 때 필요한 연주자를 하룻밤이나 일회성. 계약으로 섭외해 공연한 데서 유래됐다고 한다.

그러나 이들이 직면해야 할 중요가 변수는 일자리 프레임의 근본적인 변화다.

급속한 기술혁신과 노동유연성이 결국 정규직을 줄어들게 한다는 전망들이 줄을 잇고 있다.

인간만이 할 수 있는 업무 영역을 인공지능 로봇과 소프트웨어가 차지하면서 직업의 불안정성도 커져만 간다.

과거에 택시 운전은 꽤 높은 숙련도를 요구하는 직업이었으나 스마트폰, 네비게이션이 나오면서 누구나 베테랑 택시기사가 될 수 있게 됐다. 고객을 연결해주는 플랫폼의 등장으로 차량 공유 서비스가 가능해져 택시기사라는 직업의 불안정성이 한층 커졌다. 무인 자동차까지 상용화되면 차량운전으로 생계를 유지하는 직업은 아예 사라질 수 있다.

택시 운전뿐 아니다. 변호사나 의사처럼 전문직도 인공지능이 상당 부분을 대체할 수 있어서다. 이미 인공지능 법률자문이나 의료 인공지능(왓슨)이 도입됐고 임상 및 검증의 단계를 지나고 있어 일자리를 위협하는 미래가 코앞에 다가와 있다.

지금 조직의 윗단은 베이비붐 세대에 이어 X세대(1965년~1978년생)가 주류층이다. 이들은 세대 간의 단절과 개인주의를 극복하고 관계 중심, 성과중심의 조직문화를 만들어왔다. 거기까지다. 이제 신입 루키들이 전통적인 직업들로부터 탈피하여 직장과 비즈니스 세계에 새로운 변화를 주도해야 한다. 이들은 프리랜서, 1인기업, 스타트업, 지역 커뮤니티의 확장속도와 맞물려갈 것이다. 기존의 질서와 프레임이 희석되는 한편으로 필요에 의해 융화되고 섞이고 또 갈라지는 일 중심, 프로젝트 기반의 직업시장을 주도해갈 것이다.

기업 인재들은 이런 프레임 시프트의 주역이 되고 있다. 이들은 자신에 대한 포지셔닝과 일과 비즈니스를 대하는 마인드와 보는 지향점이 다르다.

자신에 대한 포지셔닝은 나만의 관점과 사고에 기반한 가치 중심이다. 무엇을 '성공'으로 볼 것인지 나만의 성취 기준으로 성공을 규정한다.

이들은 다가올 변화를 두려워하기보다는 그 변화를 타고가려 하고, 잘할 수 있다는 느낌이 커지면 과감하게 뛰어들고 열정적으로 몰입한다. 그 과정에서 실수나 실패는 소중한 경험으로 생각한다. 다치고 힘들어 넘어지더라고 그들은 벌떡 일어나지 않는다. 창피하다는 생각은 없다. 대신 넘어진 가장 어려운 복판에서 천천히 생각해본다. 무엇이 문제였는지 원인과 대안을 생각해본다. 또 한편으로 자신이 얼마나 힘들었는지도 돌이켜보며 스스로에게도 격려를 아끼지 않는다. 이들에게 중요한 것은 세상(사회, 직장조직, 공동체 등)보다 자신이 더 미쳐보는 것이다. 일반의 상식이나 관행에 벗어나지 않으려고, 너무 정상처럼 보이려고 애쓰지 않기 때문이다. 그렇게 시작한 신입 루키가 3년만 제대로 미치면 향후 4차산업 대변혁기를 통과하는 30년 비즈니스가 보장되고 행복한 100세가 보이는 것이다.

직무마스터가 비즈니스 마스터로 진화하는 구간이다.

이들은 조직 내의 일과 비즈니스에서는 경쟁업체를 의식하면서도 오롯이 고객에게 집중하는 것을 더 중요시한다. 고객이 제품(서비스)를 사거나 이용하고 싶은 마음이 들도록 설득과 공감에 집중하는 것이다. 고객의 정서에 기반한 관계관리가 그들에게 핵심가치인 것이다. 그들과 직접 소통하고 교감하면서 세상에서 가장 유일무이한 가치와 편익을 제공하고자 하는 것이다.

이는 사람을 상대하고 싶어 하는 미래의 고객들에게 중요한 의미를 지닌다. 머지않을 미래에는 사람들이 인공지능보다는 사람을 상대하고 싶어질 것이다. 실제 고급서비스는 사람이 상대하고, 일반 서비스는 기계나 시스템이 대신한다. 항공기 기장이나 의사는 사라져도 승무원, 간호사는 남을 것이라는 전망도 설득력을 얻고 있는 것도 그런 이유다.

비즈니스를 결정할 때도 비즈니스 마스터들은 사람의 숫자나 물리적인 영역이 곧 시장의 크기를 보장하는 것은 아니며 그 가치의 크기는 더더욱 아니라고 본다. 자녀의 수는 줄지만 아동시장은 더욱 커지고 있고, 노인들의 소비력은 떨어져도 실버산업은 날로 번창하고 있음을 주목한다.

이들은 또 시행착오를 겪어도 그 경험들을 소중한 배움으로 여기고 걸림돌이 아닌 디딤돌로 생각한다. 즉 경험의 '깊이'와 '실전력'으로 여기는 것이다. 경험의 깊이란 관련 직무에서 얼마나 큰 권한과 책임을 행사했고, 바닥의 일부터 책임지는 의사결정까지 해 봤는지를 의미한다. 시키는 것만 하고 자기 주도 업무를 해보지 못한 가짜 인재와는 구분된다. 대기업이나 공기관에서 책임자로 관리만 했던 사람보다는 작은 스타트업을 스스로 일으켜봤던 CEO가 그들의 이정표다. 특히 고객수요를 발견하고 새롭게 만들어 비즈니스 영토를 구축한 유니콘 기업의 CEO들은 살아있는 레전드이자 롤모델인 것이다.

피카소는 "나는 보이는 대로 그리는 것이 아니라 내가 생각하는 데로 그린다"라는 말을 남겼다. 정물화를 그리더라도 사물의 각도와 빛과 그림자 등에 따라 그림에 흐름이 있다고 한다. 입체적으로 보지 않고 보이는 데로만 묘사하면, 정작 그 그림을 보는 사람의 입장에선 뭔가 어색해 보이는 그림이 되기 때문에 이 부분까지 감안한 예술가의 열정이고 미션이었다. 비즈니스 마스터들의 DNA가 그런 것이다.

'경험학교 이론'을 개발한 미국의 '모건 맥콜' 교수는 성인학습

과정에서 가장 중요한 학습자료는 '경험'이라고 강조했다. 그리고 CEO가 되기 전에 갖춰야 하는 경험들을 제시한 바 있다. 생소한 직무수행 경험, 물려받은 난제 해결 경험, 외부 압력 대처 경험, 통제 권한이 없는 사람들을 조직해서 성과를 낸 경험 등은 미래 비즈니스 마스터가 될 기업인재들을 가리는 긴요한 시금석이 될 것이다.

출근하는 신입사원에게도 강력한 동기부여를 원했던 스티브 잡스는 자신의 임무가 '직원들을 편하게 만드는 것이 아니라 그들이 더 잘하도록 만드는 것'이라고 전했다.

기업들도 이제는 인사나 성과평가에서도 '네가 잘했으니 보상해주마'라는 것보다 네가 이것을 제안했으니 잘 해낼 것이라 본다. '최대한 지원해주마'라는 것에 더 마음을 쏟아야 할 때가 아닌가 싶다.

버티는 3년이 아닌, 주도적으로 미치는 3년이 되어

3년 내에 조직에선 미래 핵심리더형 인재로 붙잡고,
업계에서는 러브콜을 받을 수 있는 신입사원.
3년 내에 그런 직장 내 비즈니스 마스터로 자리매김되어야 한다.

그래야 향후 30년이 보장되고 100세 플랜이 가능해진다.